28
木士 ◎著
重生

CONTENTS

目錄

第一章 拍賣 005

第二章 大收穫 019

第三章 維秘 039

第四章 忙亂 059

第五章 考驗 077

第六章 交易 097

第七章 醫院 117

第八章 蒼涼 137

第九章 心亂了 151

第十章 尾聲 173

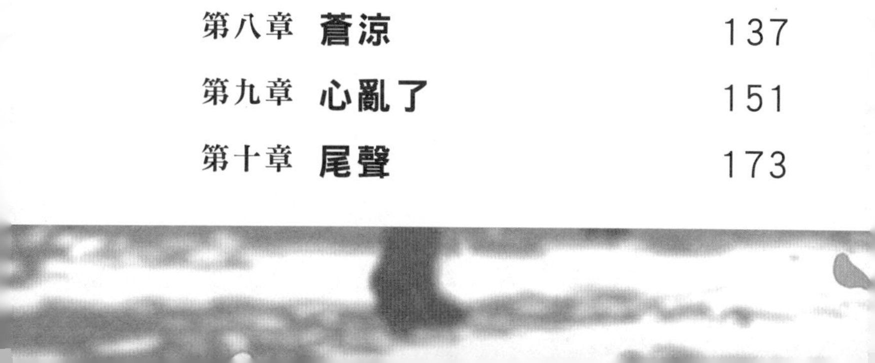

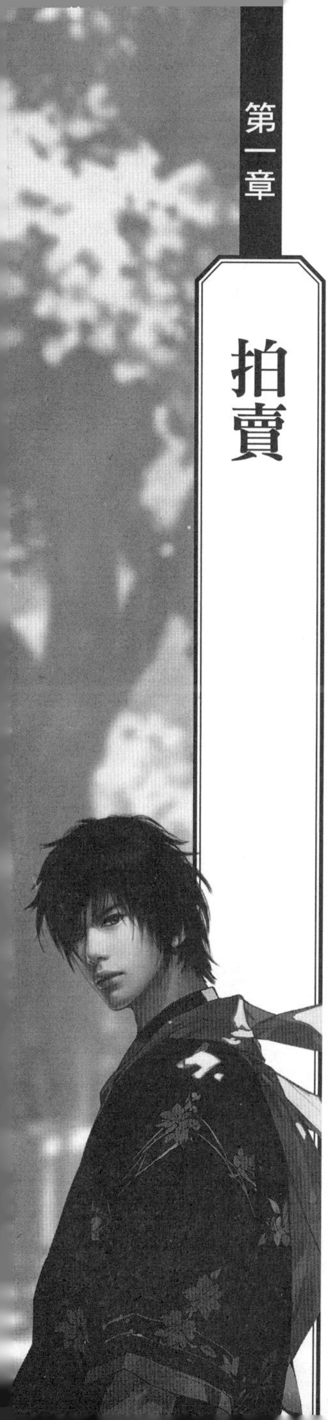

第一章

拍賣

到了拍賣的環節，各式各樣的物品都拿了出來。

有超模們穿過的襪子，主要就是維秘的一些絲襪之類的，但這些並不是主流，只是一些適合某些特殊愛好者的的物品。

真正主流的東西是一些畫，還有可用的私人物品，比如說是旅行時買的包、帽子之類的，還有明信片等等，不一而足。

超模們年輕出道，文化程度相對來說並不高，自然不會有什麼出版的書籍。

劉文拍賣的東西卻是一雙水晶高跟鞋，特別定制的，四十一碼，以她一米七八的身高，腳也不算是太大。

鞋子特別漂亮，很亮，一側有人揚聲道：「十萬！」

「十一萬。」、「十二萬。」

價格漸漸攀升到了十五萬，此時劉文就坐在前排，一身黑色的禮服，很顯身材。

林楚看了一眼，想了想：「二十萬！」

劉文扭頭看了過來，看到他的時候，微微一笑，起身對著他行了一禮。

「三十萬。」一名七十歲的男子笑咪咪道。

李二扭頭看了林楚一眼，笑咪咪道：「趙船王的三兒子趙適噌，香江最有名的花花公子，據說交過的女朋友有五六千人了。」

「趙家？」林楚一怔。

李二點頭：「華光船務，現在也沒落了，但還是有些關係的。」

「三十萬，還有沒有更高的了？」主持人的聲音響起。

林楚舉了舉手，直接舉起了五十萬的牌子。

很多人的目光有些異樣，趙適噌看了林楚一眼，揚了揚眉：「年輕人還是要懂得謙讓。」

「趙先生，這是林楚先生，還請給個面子。」李二起身，微微笑道。

趙適噌頓時收聲，坐下，不再說話。

他雖然是花花公子，但並不傻，林楚是香江新貴，他沒有必要去得罪他。

「五十萬成交！」主持人的聲音落下，有人把鞋子送了過來。

林楚收下，放在一側，開了張支票出去。

陳閔之笑咪咪道：「林先生真是豪氣，五十萬呢。」

「我只是希望，這樣的東西不要落入那些不懂欣賞的人手裡，趙三先生雖然富有，但他與劉小姐之間的差距有點大。」

林楚聳了聳肩，眸子有些散。

臺上，主持人的聲音再次響起：「諸位，最後一樣藏品，一對翅膀，這是維秘最高的一對翅膀，曾經在科庫娃小姐的身上使用過。」

下方響起了一陣的掌聲，卡羅萊娜起身，點了點頭，依舊有點高冷。她的身材其實已經胖了一些了，但依舊出挑，畢竟她有一米八的身高。維秘的翅膀的確是很大，林楚看了一眼，聽著別人出價，沒出聲。

價格攀升到了三十萬，這兒的人對於金髮超模的追逐自然是在華夏超模之上。

只不過超過六十萬之後，喊價的人就少了，林楚的目光掃了掃，還看到了丘家的三位姑娘。

卡羅萊娜扭頭看了林楚一眼，眸子有點深，寫了一張紙條，讓一側的服務生遞了過來。

林楚打開看了一眼，用英語寫了一行字，翻譯過來是：林先生，我不夠迷人嗎？

這姑娘真是有點意思，其實她的性格有幾分的敏銳，而且又是纖細的，畢竟她來自一個並不算是發達的歐洲國家。

好萊塢讓人紙醉金迷，她年少成名，迷了眼，卻又格外珍惜這樣的機緣。

「一百萬。」林楚的聲音響起。

卡羅萊娜起身，對著林楚笑了笑。

四周傳來掌聲，這一場拍賣，其實也是用來做慈善的，林楚出了價，自然就不會再有人和他競爭了。

結束之後已經是晚宴時間了，大廳中擺著許多的食物，但林楚卻是對這對翅膀有點頭大，車子裡估計是放不下了。

「林先生放心，我們會讓人送到您指定的地方。」主辦方很客氣地說道。

林楚寫了個地址，留的是星海影業的位址，這樣的東西，可以在公司中展示，這也是一種宣傳。

「我先去吃點東西，有點餓。」林楚對著李二打了個招呼，轉身離去。

李二怔了怔，跟在他的身邊：「這兒能有什麼好吃的？還不如出去吃。」

「別浪費，來都來了，吃點吧。」林楚聳了聳肩。

李二笑笑：「我吃點水果就行了，別的真吃不下。」

林楚點頭，走到了一側的食物區，這兒有羊排、龍蝦等等。

趙適噌走了過來，輕輕道：「林先生，我是趙適噌，找個時間聚聚？」

「好啊，趙三哥。」林楚笑笑，拿了兩盤吃的，坐到了一側的餐桌旁。

陳閔之在一側和其他人交流著，她是林楚帶過來的，這一點很多人都看到了，找她攀關係的人不在少數。

吃了幾口，香風習習，卡羅萊娜走了過來，坐下：「林，謝謝你，一會兒我請你喝酒吧？」

「你的身材可是有點走形了。」林楚聳了聳肩。
卡羅萊娜看了一眼，有些自嘲：「還會有誰在乎我嗎？」
「很多人都會在乎，我覺得你是過分焦慮了，有時候，還是應當放鬆一些，不如就趁著這段時間，在香江多玩幾天吧。
也不必去節食，這樣會把身體弄壞的，最好的方式就是運動，這樣可以減壓，比如說去海邊游泳之類的。」
林楚看了她一眼，接著輕聲道：「卡羅萊娜，有時候你過分在意一些事情，那麼壓力就會越來越大。
人活著，不僅僅是為了走秀，你可以做的事情很多，這可能比走秀更加有趣，所以別把自己的路走窄了，走到最後就會走死了。」
卡羅萊娜一怔：「比如說……演戲？」
「當然可以，模特的職業生涯太短了，而演員會很長……再或者是可以打理一家品牌，再或者是做一檔電視節目之類的。」
林楚聳了聳肩，卡羅萊娜怔了怔：「你願意請我拍戲嗎？」
「可以考慮，只不過你的狀態不好，要先調整狀態，正好過幾天我去美國，你可以和我一起回去。」林楚回應道。
卡羅萊娜看了他一眼：「那我可以和你一起運動嗎？」

「好啊，明天我會去淺水灣的海邊跑步，早上六點，一起吧。」林楚點頭。

卡羅萊娜笑道：「那我住到那邊的酒店，一會兒就去換。」

說完她起身離開，去打電話了，這一次來香江，她應當是和經紀人一起來的。

林楚低頭吃了兩條龍蝦腿，肉質飽滿，味道還不錯。

腳步聲響起，劉文坐了下來，看著他笑道：「大神，我是劉文，今天謝謝你替我解圍。」

「談不上解圍，就算是趙適增先生買下來了，無非就是和你多聊幾句，他不可能對你做什麼，一切還要你自己做主的。」

林楚聳了聳肩，依舊沒有抬頭，專注吃著眼前的東西。

劉文點頭：「可是那樣會多一場我並不喜歡的應酬，這樣就好多了……剛才，科庫娃和大神說什麼了？」

「沒什麼，這不是你該問的吧？」林楚看了她一眼，眸子裡帶著笑。

劉文嗔道：「那不知道大神再拍電影，有沒有適合我的角色？」

「會有的，再等等。」林楚應了一聲。

劉文點頭：「我還有一場秀，要去美國，大神什麼時候去？」

「你怎麼知道我要去美國？」林楚一怔，眸子裡有些異樣。

劉文笑道：「我有關注大神的微博啊，你自己說的呢。」

林楚這才想起來，他是發了一條微博，說是過幾天去美國拍戲之類的，但他的重心自然不是拍戲，而是收購。

「大約到月底吧。」林楚應道。

劉文一怔：「那還有十幾天，不過我也沒事，就在這兒等著大神一起，好不好？」

「可以，我這兒是沒有問題的，你的下一場秀應當是在洛杉磯吧？」

林楚應了一聲，還在吃著，除了龍蝦之外，還有一盤羊排，味道也不錯。只不過再高級的食材就不可能有了，畢竟這兒人不少，要想供應更好的食材，一來成本高，二來人數太多，也供應不上。

劉文點頭再說了幾句，這才起身離開，陳閔之這才回來，林楚看了她一眼道：「幫我拿點水果去，就吃這些吧。」

陳閔之離開，幫他取了食物過來，放下後，猶豫著說道：「林先生……」

「有人想通過你攀關係是吧？把聯繫都留著吧……說說吧，都是些什麼事？」

林楚應了一聲，陳閔之這才接著道：「有人要拍電影，想要投資，還有人有其他專案需要投資的，他們給了我資料。」

「放我這兒吧，回去我就看。」林楚應了一聲。

陳閔之放下了資料，名片都放在上面。

林楚收下，隨後慢慢吃了點水果，其中以西瓜為主，西瓜還挺甜，也有蜜瓜。

吃得差不多了，林楚看了陳閔之一眼：「你不吃點？」

「我不太餓的。」陳閔之搖頭。

林楚笑道：「走了，我送你回去。」

「買的鞋子不拿了？」陳閔之問道。

林楚搖了搖頭：「不拿了，明天他們會送過來的。」

離開時，很多人過來和他握了握手，林楚微微點頭，過去和李二握了握手，李二還不想走，兩人就此分別。

車上，林楚看了陳閔之一眼，把她送回家，她住在中環不遠處，房子不大。

一路到了中環，林楚給她開了張二十萬的支票，這才離開。

回到家裡，很熱鬧，白靜、張玉婍、江羽燕、布萊克、倪霓和尹恩慧正在泳池中游泳。

林楚看了一眼，微微笑著，回房洗澡。

髮。

江羽燕跑上來為他洗澡，坐在他的腿上，眸子裡都是笑，慢慢洗著他的頭

她的身材是最頂尖的，抱著他，輕聲道：「老公，我媽媽說讓我好好謝謝你，還給她錢呢，還把店給弄大了，給她發高工資。

現在她的工資挺高，一個月五萬，她都覺得有點不好意思，我和我媽媽說了，我現在什麼都沒有，就只能肉償了。」

「我就喜歡這一款。」林楚親了她幾口。

香江的夜是暖的，只不過淺水灣的別墅的確是小了點。

當然，這個小並不是真得小，只是相比起家裡的人來說還是小了，他也有點期待早點把大澳的房子做好。

初晨起來的時候，他的懷裡抱著江羽燕，她臉上的殘紅還未消失，透著昨日的滿足。

起身時，沒有一個人能醒來，他穿著一件白背心，向海邊跑去，跑到的時候，天已經完全亮了。

卡羅萊娜站在那兒，白色背心配了瑜珈褲，很收身，只不過肚子處有點肉，破壞了完美。

「林，早啊！」她笑著對林楚打了個招呼。

林楚一怔：「你還真是能起來啊？」

「當然，我也是有決心的。」卡羅萊娜飛揚著眉梢。

林楚點頭，沿著海邊跑步，他還是想跑一個小時，依著他的節奏，可以跑十五公里。

只不過跑著跑著，卡羅萊娜就掉隊了，她跑不動了。

林楚回身，和她慢慢跑著，就這樣一個小時之後，還沒有跑到八公里。

「對不起，林，是我拖累你了。」卡羅萊娜有點沮喪。

林楚搖了搖頭：「沒事，多跑幾天就好了，現在游泳去。」

兩人都帶了泳衣，在海邊的更衣室中換了衣服，林楚的身材很完美，卡羅萊娜的確是有點小肚腩了，但並不明顯，腿是真長。

游泳的時候，卡羅萊娜也游不快，林楚游了一會兒，再回身，半個小時之後，她發出一聲尖叫，腿抽筋了。

林楚游過去，抱著她的腰，只靠雙腿的力量游著，帶著她向海邊游去。

軟綿綿的腰，她的身高和林楚一樣，所以這種接觸，林楚覺得心有點熱乎。

到了淺海區，林楚放下她，讓她坐在海水中，他坐在她的腳邊，拉起她的腿，放在他的腿上，輕輕揉著小腿兒。

身為模特，她的小腿兒是細長的，特別好看，幾下之後，她總算是舒服了一些。

「林，謝謝你。」卡羅萊娜輕聲道。

林楚搖了搖頭：「堅持一段時間就好了，還是要正常飲食，走吧，我們換衣服了。」

換了衣服，林楚問道：「你是怎麼來的？」

「酒店啊。」卡羅萊娜指了指一側，那兒有一家五星級的酒店，並不遠。

林楚笑道：「那我回去了，明天繼續。」

他在香江要住到月底，這也是謝子初的建議，那邊的事情正在一點點清理。幾個據點基本都撤了，還餘下來兩處，要分批次處理，具體賺了多少錢，林楚也不知道，但通過李菲菲的聲音來判定，一定很驚人。

一路跑回家，林楚了個澡，進屋看了看，幾人還沒醒，只有布萊克睜開了眼睛。

她的體力最好，慢慢起身。

星海影業，林楚見到了元青青，雖然電影公司由張玉婍打理，但如果沒有元青青輔助，那也會出很多的事情。

好在經過這段時間的歷練，張玉婍也算是入手了。

「林先生，星海最近的報表出來了，我們的電影賣得不錯，新電影也拍得差不多了。」元青青輕聲道，林楚看了她一眼，半天沒說話。

這讓她心中有些緊張，伸手摸了摸自己的臉：「林先生，有什麼問題嗎？」

「青青，你有男朋友嗎？」林楚問道。

元青青一怔：「沒有，我沒時間談戀愛。」

「沒時間？」林楚一怔。

元青青看著他，沉默了一會兒道：「就是很忙啊，總是要忙於工作的。」

「你覺得我怎麼樣？有沒有資格當你的男朋友？」林楚問道，有點認真。

元青青怔了怔，接著起身，跑到林楚的面前，伸手拉著他的手，緊張道：

「林先生，你說的是真的嗎？」

「你覺得呢？」林楚看了她一眼。

她的雙手捂著臉，半天後才抬起頭來，很認真地說道：「我喜歡你很久了，可是你身邊的女人要麼是明星，要麼年輕，我什麼都沒有。

所以我一直不敢說啊，只能拼命做事，希望有一天能證明自己的價值，你都不知道我有多喜歡你。」

「那麼證明給我看看？」林楚笑笑。

元青青的臉一紅，咬了咬牙，坐到了他的懷裡，和他親吻。

林楚吁了口氣，這世上的很多事情，往往都需要一個合適的契機。

第二章 大收穫

林楚的確是需要元青青，她的能力的確是太強了。

在他看來，她的能力是不輸給李超人身邊的周女士的，所以他第一次主動開口收下了她，無論如何，他需要她。

元青青親著他，身上的香味浮動著，長得很漂亮，身材也是極好的。當她的手準備做什麼時，被林楚攔住了：「大白天呢。」

「我不怕的！林先生，我喜歡你，我就是要證明……」元青青倔強道。

林楚伸手捏了一下：「還叫我林先生啊？」

「老爺，人家什麼都願意的。」元青青嗔道。

林楚笑笑：「晚上跟著我回家吧，以後呢，你就是林家的一員了，中華煤氣和香江小輪由你來打理。」

「老爺，你是不是因為我的能力才收下我的？心裡有沒有喜歡過我？」

元青青沉默了一會兒，這才問道。

林楚看了她一眼，笑道：「你的確是一個有能力的人，但如果只為了能力，那也沒這個必要，我自己可以打理的，還可以外聘。

你很漂亮，身材又好，經過這麼久的相處，我也知道你是什麼樣的人，再加上你經常和我在一起，總是會生出感情的。

別胡思亂想，我是什麼樣的人，你應當很清楚，絕對不會是為了能力而收下你，所以呢，安心當林家太太就好了。」
「好！」元青青很開心，回頭又親了他幾下，總有些眷戀。
回家的時候，她牽著他的手，只不過臉上還是有些忐忑。
其實他身邊的女人，她也都認識的。
「八姐、十三姐、十八姐、二十五姐、二十七姐、二十八姐，我是小二十九。」
元青青的姿態很低，幾人圍了過來，拉著她過去坐下。
林楚進了書房，打開微博看了看。
這一次的次貸危機，已經上了熱搜，雷曼兄弟的破產，引發了海嘯般的結果。
他還在等待，只不過無論如何，還是要做好香江的事業。
對於東亞銀行和大新銀行，他一定要想辦法到手，大新這邊的情況還好說一些，基本上已經成定局了。
但東亞那邊，李家的人咬得很死，不願意放手，林楚還需要去談談。
李家在香江也是望族了，最早一代的四大家族之一，人丁興旺，子孫極多。
林楚準備從美國回來之後再和他們談談，輝煌銀行未來由他來親自掌控方向，再請幾位資深的經理輔助他。

元青青的身材無疑是頂尖的，只有真正擁著她的時候才能體會到。
初晨起來時，他看了看身邊的元青青，又多了一塊收藏。
她的腿挺長也好看，林楚親了她幾口，這才慢慢起身，收拾了一番出去跑步。
卡羅萊娜已經在等了，兩人繼續跑步、游泳，直到卡羅萊娜耗盡了所有的體力，再沒有半點力氣。
日子就這樣一天天過著，元青青也適應了林家太太的身份，幫著林楚去坐鎮中華煤氣和香江小輪。
這兩家公司很重要，只不過她是有手段的，開了一批人，又新入了一批人，把之前幾大家族留在公司的人都踢出去了。
一個家族的興起，必然伴隨著其他家族的沒落。
這一點是無法改變的，所以儘管有很多人到李四叔那兒告狀，但李四叔也沒有理會，畢竟林楚已經完全控股了這兩家公司。
一切都在向著好的方向發展，到了月底的時候，林楚終於接到了李菲菲的電話。
初晨時，林楚剛剛停下了跑步，卡羅萊娜在他身後數百米，但已經跟著他跑了十公里了，體力不錯。

「老公，事情結束了，我們徹底收購了動視暴雪，百分百控股，接下去可以退市了，目前由我來接掌。

我做的第一件事情，將九鼎遊戲所有的遊戲改成英文版，在美國上市，再來就是發行一些遊戲周邊玩具，我和月容那邊聯繫上了。」

李菲菲輕聲道，聲音中有些興奮。

林楚的心劇烈跳了幾下，揚眉道：「好！明天我就去洛杉磯！」

「老公，二姐也回來了，她在比弗利買了一套大房子，八千萬美元，掛在老公名下，超級大，這一次的危機，讓很多富豪破產了。

對了，她在紐約還買了一套大平層，也是超級大的，就在曼哈頓中心，中央公園旁的中央公園大廈，就在最高的住宅頂樓，一共兩層，花了九千萬美元。

米高梅的股權，我們也趁機交易了一部分，大約有43%了，餘下來的還需要一些助力，至於漫威，我們已經買下來了。」

李菲菲應道，接著話鋒一轉：「反正都是依著老公的安排在進行，老公說漫威不併入雙子影業，將來併入米高梅，那還要再等等。

不過我們還是有希望再得到10%的股權，到了那個時候，就是我們說了算了，後面做起來就更加容易了。

老公，我們的手上，除去借來的錢，還有一百七十六億美元，足夠做很多的事情了，四姐那邊正在收購亞太釀酒，已經蠶食了大約20%的股權。

現在大姐也過去了，要和四姐共同主導完成這件事情，大姐說了，收購之後就要分拆，將食品部分單獨成立一家公司，就安置在泰國。」

「太好了！」林楚飛揚著眉梢，這一次還真是大收穫。

只不過這一次從次貸危機之中撈了兩百多億美元，一定會引人注意的。

好在李菲菲也說了，她還陸續買入了一些股權，包括蘋果、微軟、谷歌等等。

蘋果那邊甚至收購了1.5%的股權，進入了十大股東行列，最讓林楚驚訝的是，李菲菲還主導投資了臉書和推特。

這兩家公司目前還沒上市，但星辰投資收了臉書26%的股權，推特則是直接被完全收購了，現在她正在打理。

「菲菲，你真是……讓我怎麼說好，賢內助。」林楚贊了一聲。

在他身邊的女人之中，最頂尖層次的必有李菲菲一席之地了。

李菲菲很開心：「能幫上你就好，我就怕你覺得我沒用。」

「行了，明天我過去了。」林楚應了一聲，神采飛揚著。

放下手機，卡羅萊娜跑了過來，氣喘吁吁的。

雖然只有半個月時間，但她的身材完全恢復了，小肚腩沒有了，還有了馬甲線，整個人也開朗了幾分。

一隻手搭在林楚的後背上，她彎著腰，喘息了幾下，身上的汗淌著，濕了身上的背心和她的瑜珈褲，那種畫面很美。

「林，游泳吧。」卡羅萊娜輕聲道。

林楚點頭，兩人到了海邊換衣服，她換了一件白色的分體式泳衣，特別性感。

兩人游出海岸線兩公里再回游時，卡羅萊娜的體力已經到了極限，回程時林楚再一次環著她的腰。

她就探出頭，伸展著雙臂，整個人在林楚的身下，有如一個人般，林楚借著雙腿的力量向前游去。

「萊娜，明天我要去美國了，你和我一起吧。」林楚輕聲道。

卡羅萊娜一怔，眸子裡有些異樣，她的身材不錯，此時後背和林楚的身前緊貼在一起，就像是沒有什麼間隙似的。

「林，我會和你一起去的，只是……」卡羅萊娜輕聲道，欲言又止。

林楚笑笑：「我都明白，你不要有壓力，回去之後，先不要接工作，簽約公司那邊，我讓人幫你談談，退了吧。」

「我聽你的！」卡羅萊娜點頭，接著轉過身，抱著他的脖子，親了親他的嘴，接著就開始熱吻。

林楚直起身子，在水中踩著水，看了她一眼，她認真道：「我好像愛上你了！」

「萊娜，你的愛來得快，去的也快，所以呢，回美國再說。」林楚捏了捏她的臉。

她搖頭，有些倔強：「不！我不是那樣的人！我並不像是那些美國姑娘，經常變心，我是一個忠誠的人！

我愛你，那就是真愛了，不會有什麼心思，這世上對我好的人不多，我只記得你一個，所以我愛你。

林，我知道你是多妻主義者，但我不在乎，你這樣的人，有資格娶更多的女人，我知道雄獅理論。

你就是那頭雄獅，強壯、英俊、才華橫溢，還有錢，所以我就是愛上你了，我也想過了，以後我要冠夫姓。」

林楚看了她一眼，她的手頓時就不老實了，很熱情的姑娘。

「這是在海裡呢，走吧，先上岸再說。」林楚吸了口氣，這也真是個妖精。

上了岸，林楚衝洗了一番，換了衣服。

再出來時，卡羅萊娜都沒有換衣服，還是那身泳衣，一直在等他。

「走吧，跟我回去好不好？我住的地方很近的。」卡羅萊娜拉著他的手。

林楚拉著她的手，走向酒店。

她當真是高，和他一樣的身高，但因為身形瘦長，所以看起來比他還是要高一點的。

兩人十指相扣，她的大長腿很惹人注意，不少人總是頻頻回頭。

一路回了酒店，她的房間不算大，但挺乾淨。

放了水，她拉著林楚一起洗澡。

出來時，她又為他擦身體，倒是挺會伺候人。

過了許久，差不多九點左右，林楚抱著她的身子，看了一眼床頭折著的帕子，又有收藏了，只不過她混這個圈子還能潔身自好，真是難能可貴。

「以前沒有過男朋友？」林楚問道。

她想了想，搖頭道：「有過，但我是有傲氣的人，所以談了沒多久就散了，我就是為你保留的。」

「你的名字太難記了，以後就叫林娜娜吧，跟著我姓了，包括證照都要改一改，等你再次出道，就用這個名字。」

林楚輕聲道，抱著她的身子，眸子裡有些開心。

林娜娜笑了起來，有些得意，點了點頭，身子滑下，很大膽。又過了挺久，她抬頭看著林楚，臉上的表情有些別樣的味道，就像是在討好他似的。

林楚捏了捏她的臉：「娜娜，好好學學華夏語，這次過去，你先不急著復出，再等等，我會給你打造一檔節目，這比當模特要好。

還有，維秘那兒，你也不必介意，我會去和他們談談的，將來，你的身份或許會發生一些改變。」

「以後我可以待在你的身邊，一直伺候你的，不當模特也很好的。」林娜娜應了一聲，笑得特別開心。

林楚的手也不老實，一邊撫著一邊說道：「明天我來接你，記得收拾好，家裡的衣服……適合你的沒有，回頭我讓人去定做。」

「你說的是林字服嗎？」林娜娜問道。

林楚一怔：「你什麼都知道？」

「我說過我愛上你了，這幾天一直在找關於你的一些資料，翻了很多關於你的消息，知道你是複讀生，知道你是全國高考狀元。

還有你家庭並不富裕，但一家人很幸福，你是白手起家之類的，從那個時候，你在我的腦海裡就有了完整的印象了。

這種印象很豐滿，所以我愛上你，是愛上了一個活生生的人，而不是一個抽象的東西，你應當相信我。」

林娜娜拉過他的手，按在了她的潤厚上，湊在他的耳邊低聲道：「我還查到了很多人的分析，說你喜歡的女人是那樣那樣的。

比如說這兒要大，還有就是這也要大，但我為了當模特，所以不能讓這兒太大，但我有辦法的。

我長得高，很容易就變得豐滿的，然後讓你喜歡，你別以為我是西方人可能就不知道討好男人，我也知道你們那一套的……」

一邊說她一邊在身前比劃著，林楚笑笑，覺得很有意思。

林娜娜是純真的，他再溫存了一會兒，這才起身離開。

明天就要去洛杉磯了，他安排人去申請了航線，機長方面也都通知到了。

這次過去，只有布萊克、倪霓和尹恩慧三人隨行，劉文那邊他也通知到了。

離別並沒有多少不捨，唯一可惜的就是沒有見到寶島大玉蘭，邱月容一直在忙著處理玩具公司的事情。

她這段時間還在歐洲，正在談一些代理，所以才回不來。

白靜、江羽燕、張玉婍和元青青都沒起來，昨夜狠狠瘋狂了一次，到現在還在昏睡。

陳樸開車，一路上接了林娜娜和劉文，進入飛機時，幾人已經打成了一片。

飛機上，林楚正在翻看著手機，私人飛機上是可以直接連接信號的。

他看著微博，這段時間關於他的消息依舊不少，這兩天他在香江跑步時被人偶爾拍到了，其中還有林娜娜的全臉照。

「大導演林楚與維秘天使卡羅萊娜熱戀。」

想了想，林楚發了一條微博：她是我的新太太，正式更名為林娜娜，請大家以後喚她為娜娜。

接著他又拍了一張林娜娜的照片，她坐在沙發上，穿著白襯衫，配了一條黑色的貼腿長褲。

襯衫束在腰間，腿特別長，搭著二郎腿，腳上是一雙水晶高跟鞋，粉色的，有些透，顯得她的腳很漂亮，紅色的腳趾甲特別靚。

這張照片一發，評論聲不絕。

「太美了，那雙腳我就可以舔一年。」

「腿太長了，這雙腿有一米三了吧？」

「腰好細啊，而且身材真好，原來這才是真正頂尖的美女啊。」

林楚看了幾眼，笑笑，放下了手機。

劉文坐到了他的身前，輕聲道：「大神，這次去美國你要待多久？」

「還不知道，因為我持有的是香江護照，所以待多久都可以，你有什麼打算？」

林楚問道，目光落在她的臉上，她想了想道：「我能在那邊待上一個月，有兩場秀，之後還得去歐洲。」

「你的經紀人應當已經到加州了吧？」林楚看著她問道。

她點了點頭：「到了。」

「這樣吧，你定下來日期，我讓人幫你安排機票。」林楚應了一聲。

對於他來說，能幫她到這一步就可以了。

劉文扭頭看了林娜娜一眼，目光中有些羨慕，都冠了林楚的姓，其中的韻味不言而喻。

飛機降落，停在私人停機位上，下飛機時，一輛房車邊上站著一道曼妙的身影。

謝子初穿著牛仔褲，配了件白襯衫，腰細如柳，長髮垂到了腰間，那種明媚照耀了時光。

關於她的美，林楚一直記在心裡，因為潤厚如圓月，甚至穿起牛仔褲來都有些困難，那種緊身款的完全穿不上。

說。

他大步走了過去，謝子初投入他的懷裡，緊緊抱著他，和他熱吻，什麼也沒說。

洛杉磯的九月初，並不熱，但金桂的香味浮動著，好聞到了極點。

親了很久，兩人這才手拉著手上車。

車上，謝子初坐在他的腿上，身子軟綿綿的，如水一般。

林楚攬著她的細腰，愛不釋手。

「老公，我的事情都結束了，只不過因為一些產業需要有美國身份的，所以我現在辦了美國這邊的身份。

比如說是一些特殊的行業，動視暴雪沒有問題，掛在你的名下，但投資類的公司需要格外謹慎。」

謝子初輕輕道，林楚點了點頭，感知著她如水一般的身子，他的臉埋在她的脖子間，親了幾口。

她回應著，臉色一片紅，顯然內心也是不平靜的。

比弗利的房子真的好大，院子足有十數畝地了，到處都是樹，像座大公園一般，小湖點綴著，還有幾隻鹿在其中穿行。

房子已經讓人打掃過了，主體建築也很大，四周圍牆挺高，門口還有一排建築，安排了不少的保鏢。

進屋時，林雨澤從一側走了過來，有些蹣跚，但看到林楚時卻是打量了他幾眼。

「爸爸！」林雨澤指著林楚，歡快地跑了過來，一把抱住了他。

林楚坐在地上，抱住了他，一臉異樣：「小傢伙，怎麼認出我來了？」

「照……片，媽媽天天讓我看。」林雨澤指了指一側。

謝子初坐在林楚的身邊，抱著他的胳膊道：「我給他一張照片，天天告訴他就好了，他還挺聰慧的。」

「像你。」林楚在她的鼻子上親了一口。

謝子初笑了起來，回親了他一口：「老公更聰明一些。」

李菲菲、張麥琪都在家，溫潤的夜色中，林楚和謝子初說著情話，說也說不完。

謝子初如水般的身子更讓人迷戀了，林楚覺得一切的美好都不足以形容。

李菲菲對他也是很迷戀的，過了很久，天漸曉，林楚這才睡了過去。

初晨時，院子裡的鳥鳴聲不絕，林楚起身時，謝子初的綿軟讓他咬著牙起身，心中格外不捨。

生了孩子的她，身材沒有任何走樣，反而更加美了。

林楚站在院子裡打拳、跑步，陽光籠著，整個院子裡的鳥真是不少，幾隻松鼠在地上跳來跳去，也不怕人。
林娜娜和尹恩慧正蹲在那兒餵松鼠，兩人都穿著白色的背心，只不過尹恩慧身上是林字服，配了一條黑色的打底褲。
而林娜娜則是一身天藍色的打底褲，她的身形高挑，更惹人注意一些。
林楚一身汗，走過去時，兩人扭頭看來，因為背影都對著他，這一折很是豐盈。
「歐巴，撒拉嘿呦！」尹恩慧笑了笑，吐著舌頭。
陽光籠著她的臉，留下了斑駁，只是更燦爛的卻是林娜娜。
林楚走過去，抱著兩人的腰，輕聲道：「恩慧啊，過了這幾天，你也回去吧。」
「歐巴要趕我走了，不喜歡我了嗎？」尹恩慧的眼圈頓時紅了。
林楚的手下滑，在她的潤厚處拍了一巴掌，接著搖頭：「韓國那邊，小雲要生了，知賢也有寶寶了，還得去日本打拚。
恩靜經驗不足，你不回去主持大局怎麼辦？你是慶熙大學畢業的，能力不錯，我相信你很合適。」
「那再給我一周時間吧，好不好？」尹恩慧這才笑了起來。
林楚點頭，親了她幾口：「你呀，別那麼敏感，我怎麼可能不喜歡你了？進了家門的人，那就是我的心頭肉。」

「老爺，我也要當你的心頭肉。」林娜娜笑了起來。她最是明媚，金髮燦爛，這段時間養得也不錯，身子有點起來了。

回屋收拾了一番，謝子初、李菲菲和張麥琪還沒醒來，林楚給傑夫・羅賓諾夫打了電話，約他談談。

兩人就約在了比弗利的社區之中，這兒有許多高端的咖啡館，幾乎所有的頂尖奢侈品牌在這兒也都有分店。

陽光下，一間咖啡館之中，林楚和傑夫・羅賓諾夫面對面坐著，陽光照著桌子，別有幾分的韻味。

「傑夫，動視暴雪的事情，謝謝了，我們兩家換股的方案，我同意了，只不過還有一件事情需要你幫忙。」林楚說道。

羅賓諾夫樂呵呵笑了笑：「林，有事儘管說。」

「我想買下米高梅！」林楚接著道。

羅賓諾夫一怔，臉色有些難堪：「林，這並不公平！你要是買下米高梅，我們的合作還有何意義？」

「傑夫，你聽說我，我可以保證，雙子影業一年出品的電影不低於四部，都會由我來主導，要麼我拍攝，要麼是我的劇本。

這和米高梅那邊並不衝突，你看，我最近拍了《完美音調》，這將是我們合作的第一部電影，由你們來發行。」林楚說道。

最近《地心引力》在美國上映了，票房相當驚人，再一次證明了林楚的實力。

《完美音調》還沒上映，但版權在雙子影業的手裡。

說到這裡，他又拿出一個劇本，遞到了他的面前，點了點。

羅賓諾夫深吸了一口氣，低頭看了看，《冰雪奇緣》。

他翻了翻劇本，翻了一半時，臉上的表情放鬆了，有一種說不出來的感覺。

「林，這是很有迪士尼風格的一部電影，在同樣的領域打敗他們，我覺得這很有意思！不如把這部電影交給我們來做，我們有動畫公司的。」

羅賓諾夫認真道，林楚看了他一眼：「傑夫，這部電影的未來可能高達二十多億美元，我捨不得。」

「我們共同開發，各占一半版權怎麼樣？」羅賓諾夫目光灼烈，接著話鋒一轉：「米高梅那邊，是你的了。

只不過，你得自行支付費用，我可以穿針引線，幫你促成這件事情，無論如何，我們是抱有誠意的。」

林楚看著他道：「傑夫，你說如果我和迪士尼合作，他們會不會給得更多？」

「好吧，你想要什麼？」羅賓諾夫攤了攤手。

林楚接著道：「如果我說，和你們共同擁有下一部《蝙蝠俠》的版權，你們會同意嗎？」

「林，你不能這樣，你知道的……」羅賓諾夫聳聳肩。

林楚點頭道：「那麼威秀影城怎麼樣？」

「臺灣威秀影城？」羅賓諾夫一怔，接著遞出了手：「成交！」

兩人相視一笑，這筆生意就算是談妥了。

第三章

維秘

米高梅的事情在一周之內就解決了，這家好萊塢老牌的電影公司，正式落入了林楚的手裡。
對於林楚來說，他支付了三十億美元出去，把餘下來的股權盡數收購，只不過他覺得這是值得的。
米高梅在美國的歷史悠久，還有很多的版權，比如《貓和老鼠》、《007系列》、《亂世佳人》等等。
還包括了諸多的品牌，包括康卡斯特有線電視網的部分股權，康卡斯特電視臺在美國也是主要的電視網，最大的有線電視網。
還有米高梅公園、米高梅酒店、米高梅金殿、曼德勒度假村、夢幻度假村、石中劍酒店等等。
甚至還擁有一家咖啡店，可以說是資產豐富，林楚覺得並不虧。
他將漫威娛樂併入了米高梅，成為一家獨立運營的子公司，這件事情頓時在美國引來了巨大的風暴。
《時代》雜誌還專門進行了一次專訪，林楚站在米高梅大樓的辦公室之中，臉上帶著微笑，有一種年少飛揚的硬朗。
在他的身邊站著張麥琪和布萊克，兩人也笑得燦爛，卻是成了他的陪襯。
「每一個時代的來臨，我們都需要一位真正的英雄，來自香江的林和他的娛樂帝國將影響我們每一個人。」

這樣的標題席捲了全球，就算是在華夏也引來了一場巨大的風暴。

能夠收購米高梅，那一定是頂尖的巨人。

林楚接受了《時代》雜誌一位漂亮的記者的採訪。

「林，米高梅一直處於破產的邊緣，你打算怎麼挽救這頭咆哮的獅子？」

「我會裁掉一部分不那麼重要的人，然後再進行一些產業優化，最重要的是，我會將所有的電影引入華夏。

還有一點，一年五部新電影，我相信到明年，米高梅就會盈利了，對於我來說，重新佈局是至關重要的。」

林楚說道，很自信，同時還公佈了五部電影的名字，這顯示出了他強大的信心。

《傳染病》、《007》、《霍比特人》、《少年派》、《勇敢傳說》。

同時他還公佈了漫威娛樂接下去要拍的四部電影《美國隊長》、《鋼鐵俠2》、《雷神》，還有《複聯》。

林楚將米高梅的電影準備放在優播視頻網之中，這可是真正的獨家了，這樣也是一筆巨大的收益。

記者：「林，看起來都是大製作。」

「製作成本與投資回報總是有關聯的，我將親自拍攝其中的兩部電影，我相信這會為米高梅帶來新的發展機會。」

林楚應了一聲，記者再問道：「我知道麥琪在打理雙子影業，她現在會接掌米高梅嗎？」

「不，她還是打理雙子影業，米高梅這邊我會親自過問，平時將會有布萊克幫我打理的。」林楚聳了聳肩。

記者笑了起來，眸子有些深：「林，聽說你是多妻主義者，有很多的太太，那麼布萊克也是嗎？」

「當然。」林楚應了一聲。

記者贊了一聲：「林，你的身體一定很好！」

「我從不懷疑。」林楚揚著眉，畫面定格。

米高梅的收購之後，還舉行了一場宴會，整個好萊塢的影業公司都派人來了，這也載入了好萊塢的大事記。

陪著林楚出席宴會的是張麥琪、布萊克、倪霓和林娜娜，場面相當大，米高梅酒店滿滿當當的。

人群中，林楚走向衛生間，剛剛擺脫了一群電影圈的大佬，這種交際有些累人。

放了水，洗了把臉，林楚吁了口氣，正要抽紙擦臉時，一側有人遞了紙過來。

林楚扭頭看了一眼，斯嘉麗站在一側，穿著一件黑色的長裙。

「林，有沒有合適我的角色？」斯嘉麗微微笑著。

林楚接過紙，擦了擦臉，輕聲道：「斯嘉麗，這可是男廁所……目前還沒有適合你的角色，抱歉。」

在他的安排中，《傳染病》要先拍，這部電影的主角就安排給了安妮海瑟薇，再來就是公司的幾名演員，比如說是蓋爾加朵。

亞裔要請一個，他打算安排言丹晨過來，再或者是陳姝也好，不夠的話就外面請兩個人，至於斯嘉麗，並不在他的安排之中。

「漫威的電影，那幾位超級英雄，我都有看過，比如說是緋紅女巫，還有小辣椒等等。」

斯嘉麗說了不少，她對超級英雄的確是熟悉，看起來沒少看漫畫。

林楚怔了怔，說了這麼多，她就是沒說黑寡婦，這讓他勾了勾嘴角，輕聲道：「再等等吧，具體的計畫還沒有公佈。

007電影不適合你，《勇敢傳說》是一部動畫電影，《傳染病》的話，已經定好了角色，《少年派》沒有女主角，你只能等著了。」

「漫畫大電影呢？我覺得緋紅女巫很適合我啊，這是一個系列的電影，你覺得怎麼樣？」斯嘉麗拋了個媚眼。

林楚笑笑，正要說話時，安妮海瑟薇從一側走了過來，挽起林楚的胳膊：「林，走吧，那邊有位先生想要見見你的。」

「斯嘉麗，你還有事？」海瑟薇笑咪咪地看了斯嘉麗一眼。

斯嘉麗搖頭：「沒事，林，我們晚一點再溝通。」

林楚點著頭，挽著安妮離開，走入人群中時，他輕聲道：「謝謝你替我解圍。」

「你現在是好萊塢新貴，想要角色的人很多，所以我只是替老闆解決一下問題而已。」安妮微微笑著。

林楚笑道：「下部電影，你來擔當女主角，漫威那邊的英雄，你有三個選擇，一個是小辣椒，再就是緋紅女巫和黑寡婦。」

雖說斯嘉麗的黑寡婦深入人心，但換成安妮也未必不好，她的身材也是很優的，演技也是一等一的。

其實還有很多的角色，比如說是雷神的姐姐海拉，還有女雷神，但那都沒有黑寡婦那樣深入人心。

「我都聽你的。」安妮笑道。

林楚一怔，這真是一個聰明的女人。

安妮把他引到了一側，一名四十多歲的金髮男子站在那兒，不胖不瘦，看起來很強壯。

他對著林楚笑了笑，給了他一個擁抱。

「林先生，我是太陽資本的漢克，能聊聊嗎？」男子說道。

林楚一怔，接著點頭，扭頭看了安妮一眼：「安妮，幫我倒杯酒，這兒應當是有娜菲絲的酒吧？」

「林先生也喜歡娜菲絲酒莊的酒？那真是擁有迷人的酒香。」漢克贊了一聲。

林楚笑笑，和他走到一側坐下。

安妮取了酒，從一側走了過來，她穿著一件白色的斜肩禮服裙，身材真好。這一年的她很年輕，看起來明媚不凡，把酒遞給林楚，她這才轉身離開，身形有一種婀娜多姿之感。

漢克贊了一聲：「林先生看女人的眼光也不錯，安妮小姐的確是很漂亮。」

「好了，漢克，談正事吧。」林楚笑道。

漢克點頭：「林，我們想要投資米高梅，15億，15%的股權怎麼樣？」

「漢克，你們之前為什麼不收購？米高梅之前可是無人問津呢，機會太多了。」林楚聳了聳肩。

漢克聳了聳肩：「林先生，我們投資的並非是米高梅，而是你個人，你的電影總是賺錢的，我們總是能得到想要的回報。」

「不好意思，我目前並不接受投資，這對於我來說，股東太多，未來可能會變得有些失控。」

林楚輕輕道，接著心中一動：「漢克先生，太陽資本應當是入股了維秘公司吧？」

「是的，我們去年收購了維秘75%的股權。」漢克點了點頭。

林楚看了他一眼：「能不能賣給我？」

「林先生想要進軍服飾品牌？」漢克一臉疑惑。

林楚點頭：「有這個想法，維秘如果只做內衣，那麼路必定越走越窄，我覺得可以做更多的嘗試。」

「林先生要是有意，我們可以割愛，這件事情好商量，沒有問題的。」

漢克笑笑，接著認真道：「林先生，合作才是發展的基礎，只要有合作，我們可以支持你做很多的事情，你覺得呢？」

「漢克先生，雙子影業怎麼樣？8%的股權，交易下整個維秘公司。」

林楚應了一聲，接著話鋒一轉：「我剛剛和華納達成了換股意向，具體的比例還在協商之中。」

「華納？那就沒有問題！」漢克贊了一聲，和他握了握手。

林楚點了點頭，兩人慢慢把酒喝了，聊得很開心。

起身離開時，他扭頭看了一眼，張麥琪正在交際著，布萊克也遊走在各家電影公司之中，倪霓身為他的秘書，也在和人商談。

林娜娜則是站在女人堆裡交際，她是林太太，所以不少的貴婦都想要和她攀上關係。

說起來，她的姿色出眾，身材不俗，長得也高大，有一種鶴立雞群之感。

林楚轉了一圈，這一次之後，他要繼續沉寂下來，將美國這邊的產業打磨得更加穩固一些。

安妮從一側走了過來，手裡端著果盤，遞到了林楚的面前。

「老闆，下部電影什麼時候開拍？」安妮問道。

林楚笑道：「一周後開拍，明天你來拿劇本吧。」

「好啊，明天我到米高梅，還是雙子影業？」安妮問道，笑咪咪的，側著頭，很精緻。

林楚點了點頭：「就到米高梅吧，以後我將會很長時間都在這裡。」

兒。

「老闆，那就明天見了。」安妮輕聲道。

林楚笑著，接過果盤，慢慢吃起了水果，躲到了一處角落裡，想要清閒一會兒。

剛坐下沒多久，腳步聲響起，幾名女人走了過來，紛紛和他聊了起來，還留下了聯繫方式。

林楚很客氣地收下，心中卻是覺得有些驚訝，這些人還算是守規矩，一個個排著隊過來和他溝通，這些人都是為了找戲的，不僅有女明星，還有經紀人。

等到一名高大的女人走過來時，林楚怔了怔，這分明就是那位精靈公主，麗芙泰勒。

她很漂亮，三十歲的年紀，眸子飛揚著，正是美豔的時候。

紅色的禮服，烈焰般的嘴唇，一切都很美。

「林先生，我是泰勒，很高興認識你。」她坐到了林楚的身邊，輕聲說道。

林楚從一側拿起酒杯，遞給她一杯，接著和她碰了一下杯子，點頭道：「我也很高興認識你。」

「我現在想要毛遂自薦一下，漫威那邊能不能給我一個角色？」泰勒問道。

林楚笑道：「你並不缺戲吧？剛剛上映的綠巨人，你是女主角，無論如何，你都是好萊塢的一線女星。」

「可是我缺有品質的好電影，林先生的電影容易獲獎的。」泰勒聳了聳肩。

林楚搖了搖頭：「要想獲獎，一來需要機緣，二來呢，我們公司的演員也不少。」

「我知道林先生的雙子影業也簽約了一些演員，我想我可以加入，對於我來說，這才是最容易得到機會的公司。」

泰勒應了一聲，林楚沉默片刻，想了想，前一世，她應當在這一年離婚了，而且還為對方生了一個兒子。

「我回去考慮一下，為你安排一個角色。」林楚點了點頭。

漫威娛樂的大電影之中，最受歡迎的應當是《鋼鐵俠》和《複聯》，《蜘蛛俠》及《雷神》也不錯，相比起來，《綠巨人》系列電影的確是一般。沒有人拍出博士的那種痛苦與掙扎，所以這次收購之後，他打算重拍，那麼也是一個機會。

重拍的話，他需要找一位更加優秀的導演。

泰勒笑笑：「那就多謝林先生了，你可真是英俊。」

「謝謝誇讚。」林楚聳了聳肩。

泰勒起身離開，林楚放下果盤，將一盤西瓜吃完了。

起身的時候，斯嘉麗從一側走了過來，站在他的面前：「林先生，我想和你談談，對於緋紅女巫，我有更多的認識。」

林楚點了點頭，跟著她向前走去，一路進了電梯。

來到頂樓的電臺，這兒的風景特別不錯，遠處的好萊塢山上燈光璀璨。

風吹過，浮動著女人的香味，好萊塢的夜色也是美的。

「斯嘉麗，這兒的風景不錯。」林楚輕輕道。

斯嘉麗笑道：「林，我也是剛剛發現的，米高梅酒店的風景別有味道，我相信這家公司在你的手上一定會再現輝煌的。」

「我也是這麼認為的。」林楚並不謙虛。

斯嘉麗笑了起來，很燦爛，她看著他，眸子裡閃著燈光，映出別樣的色彩。

下一刻，她踮起腳尖，親到了他的嘴上，勾著他的脖子。

燈光耀輝，映著天臺，風景特別美。

親了很久，林楚鬆開她的時候，她的眸子很亮：「林，我已經感受到了你的強壯。」

「好了，就到這裡吧，你已經訂婚了。」林楚聳了聳肩。

斯嘉麗一怔：「這很重要嗎？你會介意這個嗎？」

「很介意！我不喜歡和別人用同一件東西。」林楚笑笑，轉身就走。

斯喜麗低罵了一句，這才哼了一聲道：「我不是一件物品。」

「我當然知道，我只是打個比喻，你應當明白我的意思，我是東方人，為什麼有那麼多的太太？就是希望避免這種情況的發生。」

林楚聳了聳肩，扭頭看著她，她看了他一眼道：「我只是……只是想和你有一場交易，我不會加入多妻的家庭。」

「所以我們是有分歧的，這一點是至關重要的，我們不可能達成一致的意見，你我都不會妥協。」

林楚攤了攤手，接著話鋒一轉：「我會給你一個角色，不過不會過於重要，就這樣吧。」

說完他轉身就走，有些事情，他的確是不想去做，雖然佔便宜的事情做了也沒有影響，但他卻不想留下一些遺憾。

一路回到大廳，他走到了林娜娜的身邊，拍了拍她的潤厚：「走吧，娜娜，我們回家了。」

「噢，抱歉，我得回去伺候我家老爺了。」林娜娜聳了聳肩，和一群貴婦們擺了擺手。

好萊塢是真正的名利場，林楚的手裡有著厚厚的一遝資料，他放在書房之中，並沒有看，還不到時候。

臥室中，林楚抱著謝子初，和她親吻，她的身上汗津津的，金桂香飄著，好聞極了。

「老公，我要去新加坡一趟，大姐那邊要收購亞太釀酒，目前正在談判之中，我過去幫她，事情應當差不多了，現在就需要一個契機。」

謝子初喃喃道，趴在他的身上，肌膚如水。

林楚的手撫著她的後背，落下，掌心中的汗珠不絕，滑嫩，那絕對是世間最頂尖的享受，其中的妙處無以言傳。

「小妞兒，辛苦你了，回頭你坐私人飛機回去吧，我用不著了。」林楚說道。

謝子初笑道：「因為我喜歡老公啊，等新加坡那邊的事情處理得差不多了，我再回華夏一趟，支付通那邊要運作一番。

還有就是和騰訊的換股，我們還是要進行下去，東亞銀行那邊，我會親自去處理的，那才是我們家未來的基石。」

林楚深吸了一口氣，心又烈了起來。

謝子初睡去的時候，林楚又抱起了李菲菲。

醒來的時候，林楚起身跑步，赤著上身，穿著運動短褲，跑完步就打拳，拳勢如風。

布萊克和林娜娜起來了，兩人的體力略勝一籌，現在林娜娜的證件已經全部都換成了新的，算是改名成功了。

林楚洗澡的時候，兩個人一前一後為他洗著，布萊克輕聲道：「老爺，我今天去雙子影業，和麥琪姐一起，處理一下與華納的合約。」

「去吧……娜娜，我準備為你打造一檔電視節目，就以培養超模為主。」

林楚輕輕道，他說的自然是《T台新面孔》，正好借助於電視臺。

林娜娜一怔，接著搖頭：「我就想待在家裡陪著老爺。」

「去吧，你的名氣還不夠，需要提升一些，下一步，你就是維秘的新總裁了。」

林楚笑道，林娜娜怔了怔，眸子裡散出幾分的異樣：「老爺，你說是是維秘？」

「當然，我買下來了，下一步，我覺得應當推出一些新的產品，不必一直做內衣的，也可以做一些休閒裝。

還有就是要打破傳統，可以做一些男裝，這樣的話更加合適一些，至於內衣，還要有更多的創新。」

林楚輕聲道，接著想了想道：「你來處理這件事情。」

「謝謝老爺，我……」林娜娜揮了揮手，眼圈紅紅的，接著抱著他就親。

她自然是激蕩的，被維秘踢出局，她再回去卻是換了身份，那些人都成了她的手下，那絕對是一件可以趾高氣揚的事情。

等到林楚走出浴室的時候，林娜娜和布萊克已經綿軟無力了，借著林楚的力量才走了出來，躺在床上休息。

林楚吃了早餐，這是從華夏那邊帶來的廚子，一直貼身照顧謝子初的。

早餐很豐盛，有打鹵麵，他似乎有很久都沒有吃過了，麵湯鮮嫩，以海鮮燒出來的，處理得恰到好處。

吃了飯，林楚嚼著薄荷，去了米高梅公司。

《傳染病》在籌備了，林楚從公司裡抽調了兩名製片，安排他們請了幾名演員，籌備劇組。

安妮海瑟薇過來的時候，穿了一身白色的裙子，波點長裙很漂亮，腰間盤著黑色的寬邊腰帶，腳上是雙白色的細高跟涼鞋，腿上是肉絲。

她的笑容總是很燦爛，看到林楚的時候，她坐在他辦公桌前的椅子上，翹起了二朗腿，展示出一抹渾圓的腿型，很性感。

「老闆，早啊。」安妮笑咪咪道。

林楚把劇本丟在她的面前：「劇本在這兒，你的單獨對白也都在了，還有我寫的一些細節，你回去好好看看。」

「謝謝老闆。」安妮點頭，小腳晃了晃，鞋子落在地上，接著小腳蹭到了他的小腿上，自褲腿下穿了進去，踩在他的腿上，輕輕摩挲著。

林楚一怔，抬頭看了她一眼，她咬著唇，低聲道：「老闆，我覺得你是世上最有魅力的男人了。」

「也許吧。」林楚聳了聳肩，伸手握住了她的腳，撫了幾下，緊緊握著。

安妮咬著嘴唇，看著他，林楚覺得心驀然烈了起來。

陽光籠著窗子，安妮一身汗，頭髮亂了，裙子也有些亂了，林楚長長吐了口氣。

坐在椅子上，安妮坐在他的懷裡，就像是沒了骨頭一般。

她抱著他的腰，臉埋在他的脖子間，金髮垂著，有些別樣的美。

林楚低頭看了一眼，皺了皺眉頭。

本來他只是打算這一次就好，沒想到她還是……好吧，又多了一塊收藏，這樣的話，關係就得重新定義了。

要知道她已經二十六歲了，這一點格外難得，畢竟她應當是開放的，西方人的觀念總有些不同，沒想到她還這麼保守。

「林，你果然是最強壯的……天吶，你……可是我不行了。」安妮張大眼睛，看了他一眼，捧著他的臉親了幾口。

吧。

林楚抱著她，走入了後面的休息室，他在這兒還有一間休息室，這也是標配吧。

伸手拍了拍她的潤厚：「你休息一會兒吧，晚一點陪著我吃中飯。」

「林，你真體貼。」安妮笑著應道。

林楚的手在她的腰間撫了幾下，對於她的長腿也是愛不釋手的。

回到辦公室坐下，林楚看了看到處的狼藉，收拾了一下，這才重新工作。

《傳染病》的拍攝時間，他準備用三周時間，接下去的《少年派》需要的時間會長一些，主要是在海上。

只不過大部分需要特效，比如說是老虎之類的，還得去印度取景，應當需要一到兩個月的時間。

《勇敢傳說》也可以由他來安排，其他電影就安排給其他導演了，他已經找好了。

現在他在寫漫威的電影，《鋼鐵俠2》和《雷神》寫完了，是在香江那邊完成的，《複聯》也差不多了，他也準備請人。

只不過特效可以交給雙重否定或者是巴菲因公司，這件事情也要提上日程了。

對於演員，他目前的打算是安妮海瑟薇演黑寡婦，小辣椒可以交給麗芙泰勒，其他的主要女性角色就沒了。

《雷神》中的女雷神，也就是簡福斯特，這個角色的戲份不少，可以說是很出彩，給誰都有些可惜。

只不過蓋爾加朵演了華納女武神，還要參演《饑餓遊戲》後面的兩集，所以不便安排這個角色了。

正義聯盟的人跑到復聯來了，不太合適。

斯嘉麗還是合適的，但他並不想給她這麼重要的角色，可以再去找找有沒有合適的人選，這一點不著急。

唯一可惜的是《鋼鐵俠》第一部中的小辣椒是格溫妮絲演的，換一名演員的話，需要合理的解釋。

這件事情就交給導演去解決了，他已經召集了原班人馬，下午正好去見見。

至於娜塔莎波特曼，那就不會有機會了，他對她並沒有太多的好感。

第四章

忙亂

好萊塢的酒店很多，好吃的飯店也不少。

林楚帶著安妮海瑟薇來到一家西餐廳，也是屬於米高梅公司的，店裡面掛著許多的海報，有《亂世佳人》，也有幾位頂尖的大明星。

兩人坐在臨窗的位置處，點了一桌子菜。

安妮的飯量不算大，但卻也並不僅僅只是吃素，她應當是在節食，所以吃的高熱量食物並不多，但林楚卻是並不在乎這些。

林楚和她聊著天，她還是那身波點長裙，但整理得整整齊齊，只是整個人的狀態卻是發生了一種不可描述的變化。

「林，勞倫斯那邊，似乎演了一部文藝片，最近正在拍攝。」安妮輕輕道。

林楚一怔，接著點頭：「我並沒有關注她的消息，對於我來說，更重要的是自己的合作夥伴。」

「你是最頂尖的電影大師，所以她一定會後悔的，有時候不能僅僅只計較眼前的一些價值。」

安妮應了一聲，林楚聳了聳肩：「你足夠成熟，說得真好。」

「可是我不太會照顧人，可能並不符合你的一些期望。」安妮聳了聳肩，一臉認真地看著他，眸子裡有些緊張。

林楚看著她，有點鄭重：「以後你是怎麼打算的？」

「我不太明白你的意思？」安妮怔了怔，也有些微微的緊張。

林楚笑笑：「不必緊張，你要是想要結束我們之間的這一次關係，我會為你開張支票，我知道你也不算是缺錢。

那麼兩百萬美元怎麼樣？總之，你的要求我儘量滿足，至於你還有其他的想法，也請說出來，我們都可以商量。」

「不！我沒想結束，我覺得我可以一直當你的情人，你那麼迷人，那麼強壯，我很喜歡的。」安妮很認真地說道。

林楚看了她一眼，點了點頭：「好吧，我知道了，可是好萊塢這邊都說我是一個混蛋，娶了太多的太太。」

「這是你的自由，只要沒有人離開……那一定是因為你的身上有著無法遮蓋的光芒。」

安妮認真道，林楚伸手捏了捏她的小臉，眸子裡帶著笑意。

吃了飯，兩人手拉著手離開，附近肯定會有一些記者的，但林楚並不在乎，安妮也不在乎。

只是她的體力不支，所以林楚讓陳樸先送她回家，她就住在洛杉磯，一套還不錯的別墅之中。

回到辦公室，他安排了劇組所有人開了一次會，言丹晨和陳姝都來了，他給了兩人不同的角色。

回到辦公室之後，剛坐下，電話就打了進來，公司為他派的秘書問道：「老闆，格溫妮絲小姐的電話。」

「接進來吧。」林楚應了一聲。

格溫妮絲的聲音很柔婉：「林先生，我是格溫妮絲，我想問一問，下一部的《鋼鐵俠》，我還有片約在身，應當會收到通告的吧？」

「這件事情，因為收購之類的事情，可能會有一些變故，只不過原班人馬應當是不會動的，你就放心吧。」

林楚應了一聲，對於這事，他也的確不想去改變，畢竟原班人馬深入人心了。

只是，這個女人總是有點奇奇怪怪的嗜好，不僅有點健忘，而且還做了奇怪味道的香薰，用的還是隱私部位那種……

前一世，林楚聽說這個消息的時候，有一種很震驚的感覺。

只不過《鋼鐵俠》會用她，但他不打算在《複聯》中用她了，把小辣椒這個角色砍了並沒有什麼影響。

再或者，她就簽了兩部《鋼鐵俠》，那麼第三部開始不如就換一個人物吧，恰恰也會形成一種轉換。

比如說是用一位華人？李小染還不錯，也該給她一個角色了，回頭得讓她好好練一練英文。

放下電話時，林楚起身，去了漫威娛樂。

會議室中，凱文費奇滿面笑容地和林楚握手，並且為他介紹了一番在座的高層。

林楚坐下，點了點頭：「都坐吧，漫威這邊，依舊會由凱文來打理，我不會過多地介入，只是之前我公佈了幾部電影的拍攝計畫。

《雷神》的劇本在這裡，《鋼鐵俠2》也有了，我把演員都寫上去了，導演也有了合適的人選，凱文，你來籌備一下。」

「老闆，你不打算自己導演？」凱文費奇一臉異樣，接著攤了攤雙手：「你可是好萊塢最頂尖的導演了。」

林楚笑道：「總是要給新人一些機會，《鋼鐵俠2》用的還是原班人馬，只是到了再下一部，我覺得需要加一些悲情的氣氛。

雖然劇本我還沒寫，但你可以找人做起來了，最好能讓小辣椒這個角色消失了，這樣的話，對於托尼史塔克的成長是有好處的。」

「老闆，你總是這麼睿智。」凱文贊了一聲，四周還響起了掌聲。

在好萊塢，其實也不乏拍馬屁的人，當然了，林楚的地位也擺在這兒，他是頂尖的大導演，一些想法總是會引來尊重。

凱文費奇看了看劇本道：「老闆，這兩位還沒有合適的演員嗎？比如說這個簡福斯特。」

「我心中有兩個人，目前正在協商，我寫了留用的，你就不用考慮了，至於其他的角色，你來處理就行了。」

林楚應了一聲，他留用的是簡福斯特，就是女雷神，還有一個就是她的助手。

聊了一會兒，他轉身離開，回米高梅的時候，他又想到了這兩個角色，簡福斯的助手就給雲明娛樂的演員。

另一個人要麼就給斯嘉麗吧，已經答應她的事情，總得安排。

回到辦公室，他讓秘書給斯嘉麗打了電話，又翻了翻雲明娛樂的一些藝人名單。

這是一個長期的角色，還是有些含金量的，他覺得要麼給陳姝或者是言丹晨，要麼就從韓國選一人。

恩靜的話，以後就不演戲了，打理幕後比較好，智妍小了點，看著就不太成熟，而且演技也不算好。

那麼泫雅倒是不錯，她雖然十六歲，但看著要成熟一些，可以考慮一下。

至於李小染，總有其他角色給她安排的。

這件事情還不急，先把女雷神的角色談下來再說。

放下心緒，他開始整理起劇本，雙子影業那邊，也得開拍新電影了。

還有，他要和埃克森公司那邊見面簽約，香江中電總是要拿到最多的股權。

米高梅公司，林楚坐在辦公室中，斯嘉麗坐在他的對面，白襯衫配了牛仔短褲，光著大長腿。

她雖然不算高，一米六左右，但比例是真不錯。

「斯嘉麗，這個角色你看看，有沒有興趣？」

林楚遞了幾張紙過去，接著說道：「這個角色很重要，貫穿了整個《複聯》大電影，出鏡率很高，你回去考慮一下。

不過片酬不會太高，你如果能接受，那就來演，我會讓人和你的經紀人談談，以後可以簽在米高梅，或者是漫威娛樂。」

「片酬可以少一些，兩百萬美元就行，但每一部電影要加價20%，我自己可以做主。」

斯嘉麗認真道，林楚點頭：「可以，我同意了，一會兒你去簽約，我們不會抽一分錢，畢竟是自己公司的演員。」

「林，我接了這個活。」斯嘉麗點頭，再看了他一眼道：「林，說真的，我是有點喜歡你了。」

林楚笑笑：「那並不重要，你是有老公的。」

「沒有，我只是訂婚了而已，並沒有結婚，這是隨時都可以改變的。」斯嘉麗認真道。

林楚聳了聳肩：「到了那個時候再說，今天就到這裡吧。」

斯嘉麗深深看了他一眼，這才起身離開。

林楚打開手機，給李小染發了一條雲書，讓她好好練一練英文。

在美國，她演女主顯然是不太合適的，但可以成為女二號，比如說是《X戰警》系列。

只不過這部漫畫的版權本來是屬於漫威的，但被福克斯公司於1993年買下了，要想啟動，那就得把版權買回來。

但福克斯想必不會願意，但他和福克斯的關係還不錯，倒是可以塞個角色進去。

最近他們正在拍攝《金鋼狼》，處於籌備之中，這裡面倒是有一個女性角色，白狐狸。

這個角色是黑髮，倒是適合李小染。

他給澤爾尼克打了個電話，說了說這件事情，澤爾尼克二話沒說就同意了。

洛杉磯的上午，此時才是十點，他翻了翻微博，最近國內的輿論都炸開了，他直接上了熱搜，前十占了至少七條。

「林楚收購美國八大影業公司米高梅，一躍成為全球電影圈的大鱷！」

「米高梅影業、漫威娛樂，林楚耗資超過八十億美元，可以說是國內第一人。」

這件事情引來了巨大的轟動，他的風流韻事也被翻出來了，但這一次，沒有人再指責他，而是津津樂道。

很多女人在微博上直接以老公來稱呼他，他一下子就成了國民老公。

「老公，我願意當你的姨太太，第一百房也可以。」

「老公，照片已私發，請查收，天使面孔，魔鬼身材，屁股大好生養。」

私信照片的確是不少，林楚看了幾眼，並沒有太多的反應，畢竟他不缺女人了。

只是下滑了一會兒後，他怔了怔，一張熟悉的照片躍入眼前，這是方柔的照片。

方柔笑得很可愛，還附了私信：「班長，娶我吧，我當姨太太就行，好不好？」

他笑笑，想了想，回了她一條私信：「好啊，洗乾淨了等著我。」放下手機時，雲書的視頻響了起來，他低頭看了一眼，這是李小染的視頻請求。

他一怔，這個時間點，國內應當是凌晨三點，她還沒有睡覺？接起來，李小染應當是躺在床上，長髮散著，身上是一件白色的小背心，露出精緻的鎖骨，看得出來，身材是真好。

「老闆，要我學英文是吧？其實我有在學了，還不錯的，但要有當地人的那種味道，還需要到當地去學一下。」

李小染笑咪咪道，聲音有點乾啞，顯示然是剛睡醒。

林楚點頭：「你過來吧，這兩天就安排一下，我給你安排了一個角色……對了，你每天都這麼晚睡覺？」

「沒有呢……最近我十點就睡了，要養好身體，還要早起練瑜珈的，為了保持身材，不過我睡眠淺，所以聽到聲音就醒了。」

李小染連忙解釋著，接著應道：「那我後天就去洛杉磯。」

「買好機票之後發給我，我讓人去接你。」林楚點了點頭，接著想了想道：「這部電影是一個系列的。你先演著，等到漫威這邊的電影安排過來，我會給你一個重要的角色，還有，帶著你的助理一起過來，我讓人幫你租套房子。」

他之前住的那套房子就閒置在那，倒是可以安排給李小染住著，那裡有點小，之前支付的房租時間長，還沒到期。

李小染笑了笑：「謝謝老闆了，我明白的。」

放下電話時，他又給洛小雲發了雲書，讓她安排泫雅過來。

做好這些調整，他翻了翻計畫，等到這裡的電影拍完，他得回香江一趟，處理公司方面的事情。

夜色中的比弗利，依舊是美的。

林楚抱著謝子初如水般的身子，總有些眷戀。

她還是那麼易汗，林楚的手輕輕撫著，翻山越嶺，愛不釋手，明天她就要去新加坡了，所以林楚有點捨不得。

「小妞兒，保重好自己，過幾天，雨晨也差不多要過來了，生寶寶嘛。」林楚輕聲道。

謝子初笑笑，呼吸間只有金桂的香味，她抱著他的脖子道：「大姐說了，要等到十一月再過來，還有點時間。」

一邊說她一邊用臉摩擦著他的臉，嬌嫩一片。

親著他的臉，她的那種眷戀毫不掩飾，林楚也捨不得。

這一夜的風流自不去說，林楚這段時間還真是習慣了小妞兒每晚的伺候，她的身材放眼整個世間都是最頂尖的。

送別的時候，林楚把她送去了機場。

這一次和她同行的還有倪霓，身為林楚的貼身秘書，她需要有更強的能力，所以謝子初把她帶走，也是為了打造她。

布萊克也跟著去了，將來她肯定要在美國這邊打理影業公司的，林楚希望她有入主米高梅的資格，跟在謝子初的身邊有大好處。

李菲菲已經可以獨當一面了，留在美國主持投資公司的大局。

張麥琪要打理雙子影業，尹恩慧也在，再就是林娜娜了，只是今天林娜娜已經去了費城，和康卡斯特電視網合作打造節目去了。

所以真正能陪著林楚的，其實一個人都沒有了，尹恩慧在幫著張麥琪處理工作，相當忙，早出晚歸。

林楚回到米高梅的時候，安妮海瑟薇倒是來了。

這幾天兩人只是電話溝通，沒見過，她的身體總有些不適。

「老爺……」安妮用國語喚了一聲，接著笑了起來：「我聽到布萊克都是這麼叫的，對不對？」

林楚笑道：「很好，過幾天就去報到了，臺詞背完了？」

「差不多了，我可是專業的。」安妮笑咪咪道。

林楚想了想，她在這方面的口碑還不錯，倒是沒什麼毛病。

安妮的房子就在洛杉磯的市中心，陽光通透，林楚看著很滿意。

大床上，她就像是小貓一般抱著他的腰，金髮散開，整個人慵懶至極。

林楚摟著她的腰，撫著她筆直的後背，掌心中都是汗珠。

安妮哼哼著，懶洋洋道：「老爺，你可真是太迷人了，真的，我就從來沒有聽說過你這麼厲害的男人。」

「好了，你休息一下，我還得去工作呢，記得按時吃飯……不過這兒真不錯，很圓。」

林楚在她的身後拍了拍，安妮開心地笑，有些得意，還故意翹了幾下。

這個動作導致林楚在一個小時後離開，她是徹底沒有了力氣，趴在那兒一動也不動。

李小染和金泫雅是同一天來了，林楚將她們都安排在原來的別墅之中，下午下班後專門過去了一趟。

別墅之中，林楚下車時，李小染和泫雅都跑了出來，站在院子裡等著他。

李小染穿著白襯衫，配了緊身牛仔褲，腳上是雙白色的涼鞋，沒穿襪子，身材是真好。

泫雅則是青春多了，白色的吊帶衫，配了黑色的熱褲，光著長腿，腳上是雙夾腳拖鞋，小腳太漂亮了。

在這方面，泫雅贏了，畢竟她是青春的，腳趾頭還塗著紅色的指甲油，很漂亮。

「老闆！」、「歐巴。」

兩人同時喚了一聲，林楚笑笑，向前走去，一邊走一邊說道：「走吧，屋裡說。」

屋裡，林楚走進來，泫雅蹲下身子，為他換了一雙拖鞋。

李小染一怔，眸子裡有些思索，在這方面，韓國的這些小愛豆們做得的確更好，因為她們身受等級森嚴制度地壓制，眼力勁極好。

起身時，林楚伸手揉了揉泫雅的腦袋，坐到了沙發上。

他從包裡取出來兩個劇本，遞到了她們的手裡。

「泫雅，這是你的劇本，《雷神》中的一個角色，會一直出現，到了下一集，我會讓他們給這個角色更多的情節。

小染，你的這個，看看吧，《X戰警》最重要的一個女主角，等到這一部之後，如果你起來了，那就可以演緋紅女巫了。」

林楚把兩個劇本交給了兩人，李小染的這個角色可以說是很重要了，相當於是女主角。

她看了之後，臉上一喜，能參演好萊塢的大片，對於她的身價提升是有好處的。

泫雅看了一會兒，有些困難，抬頭看著林楚：「歐巴，我的英語不太好。」

「我會給你安排一個老師，你好好學，正好還有點時間，而且你這個角色的臺詞不多，實在不行就讓人後期配音吧。」林楚回應道。

泫雅一怔，接著倔強道：「歐巴，不可以！我一定好好學。」

「好了，看你的發展吧。」林楚點了點頭。

李小染看了一會兒，抬起頭，認真道：「老闆，我會好好表現的，我知道，國內演員很少有機會演這種大製作的電影。」

「這次，你要學會適應一下好萊塢的節奏，不過你不用擔心，你的身後有我在，所以沒有人會為難你的。」林楚說道。

看了兩人一眼接著道：「你們好好相處，這套房子不小，你們先住著。」

「歐巴，我會好好和小染姐相處的。」泫雅點了點頭。

林楚點了點頭：「好了，明天早上我來接你，跟著我去米高梅，以後就在那兒上課，好好學英語。」

她的身形高挑，有些狂野，這匹小野馬已經有了幾分前一世的風采，那種性感是入了骨的。

李小染看著他道：「老闆，我也想去。」

「你不用，你的英語基礎很好，這段時間，多到街上逛逛，學學當地人說話的方式……不過你來公司也可以，當一名職員吧，試著融入社會。」

林楚點了點頭道，李小染開心地笑了起來，他起身道別。

兩人送他出去，到門口時，兩個人同時蹲下，為他換鞋，一人一隻。

林楚低頭看了一眼，瞇了瞇眼睛，李小染的身材真是頂尖的。

離開的時候，他頭也沒回，只是揮了揮手：「行了，就到這裡吧，你們回去吧，明早我過來接你們。」

看著車子離開，泫雅看了李小染一眼，低聲道：「姐姐，你喜歡歐巴嗎？」她說的是國語，很順暢了，可見這段時間下了不少的工夫。

李小染一怔，看了她一眼，若有所思道：「你有什麼想說的嗎？」

「姐姐，我覺得，我們應當主動一點，哥哥現在不缺女人了，也不會輕易心動，要是等，我們不會有任何機會。」

泫雅輕聲道，眸子很亮，她的左眼下還貼著淚痣妝，別有風味。

李小染看著她道：「你有什麼好主意？」

「我覺得可以不要臉一些，只要我們主動，歐巴就會留下來，那樣的話，就是我們的機會，你覺得呢？」

泫雅認真道，李小染想了想，點頭，眸子裡有點猶豫：「可是，我不像是你，我不是大姑娘了。」

「那也不用擔心的，張麥琪姐姐也不是，我聽說，她很瘋狂……」

泫雅湊在李小染的耳邊低聲說著，一邊說一邊比劃著，李小染的臉色都紅了，猶豫道：「這樣行嗎？」

「姐姐，你也可以不做，但往後再沒有任何機會，你自己想想吧。」

泫雅應了一聲，轉身走向裡屋，一邊走一邊說道：「要是我的話，我就不在乎，反正只要歐巴開心，我什麼都願意做，當牛做馬也行。」

林楚回到家中，一個人都沒有，他繼續寫劇本。

《複聯》的劇本寫得差不多了，他把小辣椒給剔除了，等到在第二部裡安插新的角色。

等到兩部之後，《黑寡婦》就可以拍出單獨的電影了，這樣的話，安妮就算是真正轉型成功了。

他還在寫規劃，下個月應當回香江一趟，之後就應當回來等著蘇雨晨她們過來生孩子了，洛小雲也會過來。

再上微博看了看，林楚的消息依舊火熱，這一次，蘇雨晨竟然發微博了。

他怔了怔，仔細看了看，她發了一條消息：我是林家的大姐，謝子初是二姐，我們家人雖然不少，但你們所說的絕大多數人和我們家都沒關係。

我建議大家不要再去議論這件事情了，免得損害了一些人的名譽，比如說是人家神仙姐姐，那真和我們家沒關係。

林楚笑著，也轉發了這一條微博，補充了一條：我家大姐說得對，你們不要再那麼無聊了，有這時間，不如聊聊我的下一部電影吧。

漫威的大電影要籌畫了，目前先上線的是《美國隊長》、《鋼鐵俠》、《雷神》，還有《複聯》，請大家拭目以待。

第五章 考驗

初晨，林楚醒來，懷中是尹恩慧，她的身子漸漸豐腴，卻又不失曼妙的線條，腿挺長。

張麥琪躺在一側，睡得正酣。

林楚笑著，起身收拾了一番，鍛煉之後直接去了公司。

這段時間他一直在研究米高梅的人員佈置，新增了幾個崗位，還有就是要裁掉一兩個部門，進行一些優化。

去公司的時候，他接上了泫雅和李小染。

公司裡安排了老師，教給泫雅英語，李小染則是在影視部門做宣傳。老師是專門請的，這段時間一直在指導陳姝和言丹晨英語，泫雅加入也比較合適。

他也沒有和任何人說過李小染的身份，她在美國也沒有什麼人認識，所以部門中多了一個人，也沒有什麼人注意到。

林楚發了幾封郵件，安排了公司的事情，接著寫劇本。

雙子影業的五部電影得籌備起來了，除了《神偷奶爸》及《地心吸引》，他準備拍《分歧者》和《五十度灰》了。

這兩部電影的票房也不低，而且票房價值也不錯，正好可以繼續推李小染、言丹晨、陳姝和泫雅。

目前先打造四人，林楚也沒想著要把四人推成好萊塢的一線巨星，那幾乎不可能，他覺得推到二線頂流就好了。

有了二線頂流的基礎，幾年之後再進一步也是有可能的。

林楚甚至覺得，如果讓四人擁有美國的身份，或許會更好一些。

《五十度灰》已經出版了，只不過林楚並不打算自己拍，這部電影有一些那種鏡頭，雖說不是太露，但並不適合他公司裡的人。

幾天之後，《傳染病》開拍。

林楚還是很專注，拍片依舊很快，主演還是用了幾名原來的主演，只不過因為林楚現在的名氣，所以沒有人說什麼，反而一個個都很興奮。

不少人在片場和他攀交情，林楚很平靜地應對。

這部電影拍了十天，已經進行了一大半。

片場中，林楚坐在鏡頭後面盯著片場，身後傳來腳步聲，陳姝走了過來，低聲道：「老闆，手機響了。」

林楚把副導演叫了過來，他則是到一側接了電話。

電話是蘇雨晨打過來的：「老公，我們已經收購了亞太釀酒，包括了好幾家品牌，喜力、虎牌等等，目前由老四在擔任總經理。

楚夏物流那邊，已經重新請了人來打理，老公，我將食品部分單獨剝離了出去，成立了一家食品公司。

這家公司安置在泰國，規模很大，目前泰國象牌在和我們接觸，想要通過交叉持股的方式來共同發展。

「很好！」林楚鬆了口氣，揚著眉道：「辛苦你了，下個月我回香江，到時候去泰國一趟，正好見見你。」

蘇雨晨笑了起來：「好啊！老公，雨夕這段時間總是說想你，你也不來看她之類的。」

「一定去，免得她都忘了我。」林楚認真道。

蘇雨夕的聲音響起：「老公，才沒有呢，我怎麼會忘了你？」

「我一定會過去的，等著我啊。」林楚應了一聲。

蘇雨夕的聲音頓時變得柔和了：「我還等著給你生孩子呢，姐姐都有兩個了，我還一個都沒有。」

林楚笑了笑，安撫了她幾句，這才放下手機。

謝子初並不在泰國，而是回國了，主持支付通的事情，還要整合楚夏物流，再就是幾家公司的合併。

楚謝金融、星海投資最近投了不少公司，包括企鵝公司和阿裡，還有京東等等。

林楚吁了口氣，心裡卻是有些烈，這幾天家裡是真沒有人了。李菲菲去了歐洲，談一場併購，張麥琪和尹恩慧也去了歐洲，看一看動畫電影的製作事宜，還有就是要見一見歐洲的各大片商。

安妮海瑟薇去拍《複聯》了，這部電影需要的時間不短，她離開了洛杉磯。甚至李小染也去了福克斯公司拍片，泫雅也去拍《雷神》了。雙子影業和華納的交叉持股已經簽約了，太陽資本的維秘落到了林楚的手裡。

所以林楚這段時間一直在當和尚，好在他的精力被電影分散，倒也算是扛得住。

「好了，休息半個小時，吃飯了。」林楚拍了拍手。一群人散開，前一世，這部戲的主演有格溫妮絲，但現在被林楚砍掉了，換成了一位年輕的演員，亞曆珊德拉達達裡奧。

吃飯的時候，陳姝和言丹晨坐在他的身邊，把飯送了過來。飯菜還不錯，林楚要了中餐，豐河餐廳提供的，都是海鮮。

陳姝輕聲道：「老闆，好萊塢這邊的戲，演起來真過癮。」

「這部戲，國內估計是不能引進的，但香江還是可以的，所以你們在國內的知名度沒有辦法提升。

下一部電影，《分歧者》，我還會用你們，總之我會把們推到好來塢二線巨星的頂流，如果你們想成為一線，那就得變更身份了。」林楚說道。

陳姝一怔，接著點頭：「我願意的。」

「我也願意。」言丹晨應了一聲。

林楚笑道：「我來安排……只不過你們也要想清楚，來了之後，國內可能會有一些聲音不太好聽的。

而且很多的電影都不能演了，畢竟你們的身份變了，總之是有得就有失吧，你們如果需要在國內先得幾個獎，那就再等等。」

「老闆，我無所謂的，都聽你的，就算是一些電影演不成，但還可以演雲明娛樂的電影不是嗎？」陳姝笑著回應道。

林楚點了點頭道：「當然，那我來安排了，丹晨呢？」

「我？老闆，你知道的，你讓我幹什麼都行，我沒有你那麼聰明，也沒有你那麼厲害，自然都得聽你的。」

言丹晨笑笑，眸子很亮，閃著光，接著話鋒一轉：「微博上很多的人都覺得我是老闆的姨太太呢，我之前還說了，我是不介意的啊。」

「還說過我呢，昨天我剛回應了，我千願萬願，但老闆不願意啊。」

陳姝也笑道，林楚聳了聳肩，這麼熱情，讓他還是有些吃不消。

電影接著拍，只是陳姝和言丹晨卻是越來越熱情了。

十七天之後，電影殺青，林楚親自開始剪輯。

安妮海瑟薇還來探過一次班，為他留了一天，總算是緩解了他心中的一些思念。

不過這導致安妮海瑟薇多請了一天假，第二天她就像是散了架似的。

電影做完，這部電影就交給米高梅去發行了，這是林楚入主米高梅以來的第一部電影，也算是敲門磚了。

至於《少年派》，他也讓人去籌備了，但他要回國了。

諾大的院子裡，林楚坐在湖邊的椅子上，有些懶洋洋的味道。

陳姝和言丹晨都在，正在燒烤攤前烤著東西。

明天回國，所以他想要休息一下，這段時間一直在忙，他也有點疲憊。

陽光籠著，有些懶洋洋的味道，林楚漸漸睡著了。

陳姝看了一眼，轉身進屋，取了一件薄薄的毯子出來，為他蓋上。

天有些微涼，畢竟是秋天了。

林楚穿得並不多，一件休閒襯衫，配了一條寬鬆的運動褲，腳上是一雙白色的板鞋。

躺椅很舒服，陳姝看了他一眼，注意到他鬢角的白髮，她有些心疼地看了言丹晨一眼道：「他還真是辛苦的，這麼年輕，都有白髮了。」

「我也很想心疼他，可是我們沒有這個資格啊。」言丹晨嘆了一聲。

陳姝笑道：「他家裡都有三十個了，你還想去啊？」

「你不想嗎？」言丹晨問道。

陳姝點頭：「想啊！我又不在乎的……要不我們讓人把他搬進屋子裡吧，這兒的肉串都烤好了，海鮮也差不多了，熄火，拿進去吧。」

「我先吃個龍蝦，這種波龍太好吃了，灑點芝士特別過癮。」言丹晨應了一聲，用小勺子舀著龍蝦肉吃了下去，一臉滿足。

陳姝收拾了一下，把所有東西都搬到了裡屋。

她叫了陳樸，安排了兩名強壯的保鏢，將林楚連同椅子一起抬進了客廳之中，整個過程小心翼翼的。

客廳中的陽光灑著，無風，很暖和，他就躺在靠近落地窗的一面，面前是一個榻榻米台，一切都很安謐。

陳姝過來，坐在榻榻米上，為他脫了鞋子，喃喃道：「腳都冷了，我幫你捂一捂吧。」

她把他的雙腳放在她的懷裡抱著，抬頭看著他的臉，越看越覺得有些沉迷。

言丹晨走了過來，坐在她的身邊道：「分給我一隻腳。」

「不用的，我一個人就好了。」陳姝搖了搖頭。

言丹晨笑笑：「真是的，我們總是會在一起的，他會為我們配對的吧？兩個人，總比一個人要有競爭力一些。」

「你說得對……我們總是應當抱成團。」陳姝一怔，分了一隻腳給她。

林楚睡得很沉，只不過睡的時間卻是不長，他覺得身體懶洋洋的，雙腳尤其暖和，就像是踩在雲朵裡一般。

醒過來的時候，他看到了陽光，落在一側的榻上，他的腳下卻是軟軟的腿。接著他就看到了陳姝和言丹晨，先是看了一眼手錶，他睡了一個半小時。

「你們這是幹什麼？」林楚輕輕道。

陳姝笑笑：「老爺醒了？怕你凍著，替你捂捂腳。」

林楚沉默著，老爺？他笑笑，沒說什麼。

「老爺，餓了吧？我去熱一熱燒烤，明天你回國了，我們就在這兒等著你。」言丹晨笑笑，有點媚。

要知道她也是演過嫦娥的人，那種風采很明媚。

她們兩個人要在這兒繼續學英語，所以不能回去，林楚吁了口氣，點頭：

「去熱熱吧。」

言丹晨起身去熱東西，陳姝拉過他的腳，為他捶著腿，笑咪咪的。

「行了，弄得像是丫鬟一樣，給我倒杯水去……廚房裡有茶，泡一杯。」林楚笑笑，這樣的生活，真是有點腐蝕了，但他其實一直都在享受。

想一想，自從和蘇雨晨在一起之後，她就在伺候他，謝子初更是這樣，隨著家裡的人增多，他在生活方面越來越隨意了。

言丹晨端了盤子過來，裡面放著一整盤龍蝦，這是波龍，用了芝士烤出來的，林楚拿著勺子，慢慢吃了幾條。

陳姝端著水出來，他又喝了幾口。

慢慢吃了東西，這次的燒烤很不錯，除了波龍，還有生蠔、扇貝，還有雞翅膀之類的，很豐盛。

波龍的味道尤其出色，加了芝士，味道就更好了，林楚很滿足。

吃了飯，讓人收拾了一下，他坐在榻榻米上，看著落地玻璃之外的光景，陳姝和言丹晨坐在他的身體兩側。

三個人，一人一杯茶，嫋嫋的茶香晃動著，留下了一股清香。

「你們的路，先在國內拿個獎吧，最近演的那些電影，足夠你們得獎了。」林楚輕聲道。

兩人同時應了一聲：「是！」

「大約過了年，把你們的身份辦過來，往後，你們就會演更多的戲，先把英語學好，這樣的話，等到明年……

應當可以了，你們就會在國內也紅了，我會為你們找更多的角色，國內的電影也會用你們的。」林楚說道。

陳姝看了他一眼，問道：「會很忙嗎？」

「也許吧！只不過我的重心，可能還是會放在實業方面，所以你們要自己照顧好自己。」林楚聳了聳肩。

這種難得的時光，他也不想做什麼，就想看看這片湖。

不得不說，這處房子買的真好，林楚覺得很滿足。

靜靜坐著，看著夕陽下山，染著眼前的湖。

湖還挺大，內裡的魚應當也不少，林楚突然覺得，以後可以撈點魚上來吃。

晚飯是家裡的廚子準備的，打鹵麵，配了海鮮。

對於林楚來說，這段時間吃打鹵麵的機會真是少太多了，那一口鮮滑的麵，總是在他的記憶中沉澱。

林楚也沒有讓陳姝和言丹晨離開，安排她們住在一樓，他則是住到了樓上，洗了澡。

這一次，他沒有寫劇本，沒有工作，躺在床上看著手機，看了看微博。

微博上，林楚看到了之前陳姝的那條微博，很多人轉發，還在@林楚。
「既然想，那就去做啊！女追男，隔層紗。」
「從前，我還真是看不慣大神有那麼多的老婆，那並不值得提倡，但現在，我只有祝福，這麼厲害的男人，的確是有資格贏得更多女人的喜歡。」
「世上值得追求的大美人又少了一個，心傷啊。」
「本來我想追陳姝的，但因為你喜歡的是大神，我就放棄了，他是我唯一認可的男人，也的確是比我強。」
林楚微微笑著，這些評論還真是有意思的。
言丹晨那邊也是差不多的情況，她們的粉絲太多了，喜歡的人也多，再加上都是屬於那種精緻的美女，所以追求者甚眾。
林楚放下手機，準備睡覺。
迷迷糊糊的時候，身邊傳來隱約的香，有人擠進了他的被窩，抱住了他。
他覺得有人在親他，他回應了幾下，接著回過神來，低頭看了一眼。
懷中的確是有一位女人，他的手也不老實，摸了幾下後，他覺得這應當是陳姝，她的身材略好一些，腿特別長，畢竟是跳舞出身的。
「怎麼了這是？」林楚問道，手抽了出來。
陳姝輕輕應了一聲：「陪床啊。」

林楚的心跳了跳，難以壓制那些突然湧起的想法。

「回去吧，就不怕我不想負責了？」林楚應了一聲，聲音中有些認真。

陳姝哼哼了一聲，很堅定：「不怕！能有一次就好，這足以成為我這輩子最好的回憶。」

林楚似乎沒什麼可說了，過了很久，被窩中的汗香飄著，只有女人的香流動著。

泰國，曼谷，林楚的飛機降落後，蘇雨夕來接他。

白色的T恤，配了條裙子，整個人比從前要沉穩多了，也更加漂亮了，甚至還多了幾分的嫵媚感。

「老爺！」蘇雨夕直接跳到了林楚的懷裡，緊緊抱著他，再也不肯鬆開。

林楚抱著她熱吻，分開時她的眸子裡有幽怨。

林氏莊園很大，已經建好了，離曼谷主城區不遠。

起起落落的建築有四五幢，很漂亮，應當是名家設計出來的，整個地方占地有五百多畝了，相當大。

車子駛入莊園裡，主建築前，蘇雨晨站在那兒等著他，一臉微笑，只是肚兒漸圓了，身邊還有一個挺強壯的小子跑來跑去。

這裡的保鏢特別多，林楚現在的感應能力很強，可以感應到四周的變化，至少有幾百名保鏢了。

下車時，林楚走到蘇雨晨的面前，抱著她親了半天。

林長羽擠了進來，看了他幾眼，眉開眼笑：「爸爸！」

林楚笑了起來，抱起他，走入了房子裡。

房子的客廳超大，蘇雨晨挽著他的胳膊，小鳥依人，輕聲道：「老公，中飯準備好了，先吃飯吧。」

「不急，我還想和你說會兒情話。」林楚的手在她的肚子上撫了幾下，問道：「怎麼樣，小傢伙調不調皮。」

蘇雨晨笑著應道：「和長羽一樣調皮。」

「我不調皮，我都聽媽媽的。」林長羽認真道，再看了林楚：「還有爸爸的。」

林楚笑了起來，坐到了一側的沙發上。

房子的四周都是窗子，所以家裡很亮，林楚看著陽光，擁著蘇雨晨，蘇雨夕坐在他的另一側，靠在他的身上。

三個人說著情話，說了很久，這才過去吃飯。

泰國的海鮮多，各種食物很豐富，畢竟熱帶地區，一年可以四季產糧。

碩大的螃蟹，胳膊一樣粗的皮皮蝦，吃起來很過癮。

家裡的廚子也是從華夏帶過來的，一共有三個人，手藝都不錯。

陽光籠著臥室的時候，林楚的懷裡抱著蘇雨夕，她的臉與蘇雨晨幾乎是一模一樣的，身材也豐腴了許多，可以說是最頂尖的。

一身是汗，她偎在他的懷裡，喃喃道：「老爺，你知道嗎，我每天都在想你，想你想得心都好痛。

可是姐姐和我說，我必須變得越來越厲害，否則就幫不上你，我們林家越來越大了，總是需要很多的人來幫你。

我就在這兒學本事，還要經常回國打理小雨清晨，現在姐姐的重心就放在星海精工、小米家電，還有新加坡那邊。

所以我就只能拼命學習，這樣想你的時間就會少一些，見到你，你不知道我有多開心，那種感覺就像是升天了一樣。

也就是在這一刻，我才知道，我有多愛你，以前我在你的面前高冷、刁蠻，或許也是想引來你的注意吧。

我愛你！好愛好愛啊，我也要像是姐姐那樣給你生寶寶，現在我也能幫上你了，姐姐說了，讓我去香江，幫你打理兩家銀行。

二姐也同意了，她說我的悟性不錯，可以出師了，我知道你要把銀行合併，以後我來打理吧，那將會是家族基金的起點。」

林楚親了親她的臉，心中一片柔軟，這個很虎的丫頭也變了，願意對他敞開心扉了。

「傻瓜。」林楚親了親她的，再次熱吻。

蘇雨夕哼哼著，陽光下，兩人仿若融為了一體。

林楚在泰國住了四天，這才回了香江，這一次他帶走了蘇雨夕，銀行那邊有消息了。

這次回香江，他接掌中華電力，簽了合作意向，與埃克森公司之間的交易完成。

元青青打理著三家公司，倒也是得心應手，足見她的能力。

兩家銀行那邊基本上也塵埃落定了，除了李四叔這邊，李超人那邊也介入了，最終兩家銀行合併成了輝煌銀行。

輝煌銀行接入了PAY，為網路支付兜底，甚至輝煌銀行在海外也有數十家銀行，業務的版圖不小。

蘇雨夕成了輝煌銀行的總經理，整個香江的所有媒體都報導了這件事情，引來了轟動。

只是對於TVB的收購，也到了關鍵時候，方宜樺已經同意了。

半島酒店，陽光下，林楚坐在那兒喝著咖啡，邵一付坐在他的對面，身邊是方宜樺。

「林先生，林家現在已經擠進了香江四大家族之列，產業不少，而且和各家的關係都不錯，很厲害。

你想要TVB，我可以賣給你，但我只有一個要求，不要改名，如果林先生同意，我願意勸說其他的股東，將股權盡數賣給林先生。

林先生想退市就退市，總價十億美元，如果林先生同意，這筆生意就算是成了，我老了，想要回新加坡養老了。」

邵一付輕聲道，眸子裡有落寞，他的確是老了，只是已經一百歲出頭了，還能動，這已經算是奇跡了。

林楚點了點頭：「六叔，謝謝！」

TVB易主的事情，在全球並沒有太多的浪花，但國內卻是掀起了滔天巨浪。林楚以十億美元收購，掌控了全部股權，完成了退市，這件事情讓香江市民都記住了他的名字。

可以說，他就是真正的大亨。

林楚並沒有動TVB的人員架構，只是提拔了樂憶玲，他結束了內鬥的損耗，畢竟他不是方宜樺，需要通過這種平衡來掌權。

至於最終的總經理，他還在尋找更加合適的人選。
半島酒店，林楚一個人坐在那兒，剛剛他在這裡和TVB幾名高管喝咖啡，順便談了事情，到這一刻才結束。
一陣的腳步聲響起，隱隱的香風浮動著，林夕蕾走了過來，坐在他的對面。這段時間，她一直在幫著打理星海影業，她的能力還是很不錯的。此時她穿著一身合體的裙子，很優雅，也很顯身材。
「林先生，好久不見了。」她的眸子裡有幽怨，看著他，卻是不掩那種仰慕。
林楚笑笑：「看起來最近過得不錯，變漂亮了，怎麼，是不是談男朋友了？」
「沒有！你也知道的，除了你，我不可能再喜歡上別人了，我現在就只是在忙工作，想一想我也挺傻。
從前，我的確是做了一些錯事，但我連後悔的資格都沒有，有所得必有所失，人活著，那就不能患得患失。
就像是現在，我喜歡上了林先生，就咬定了，哪怕你永遠不理我，我也不會再去喜歡別人了，就讓我堅持下去吧。」林夕蕾回應道，很是坦然。
林楚看著她，點了點頭：「我在臺灣收購了威秀影城，你去幫我打理吧，我覺得你很合適，到了那邊，幫我買套房子，要大一些的。

你知道我的情況，女人多，家人就多，以後你也不必拍戲了，做院線就好了，至於你我之間的事情，這就算是一個考驗吧。」

「考驗？」林夕蕾的眼睛驀然張大，一臉飛揚道：「如果我做得好，我就會成為你的姨太太？」

林楚點頭，接著一臉認真道：「不過，你應當知道我的忌諱！」

第六章

交易

「懂！都懂！」林夕蕾笑著道。

林楚點頭：「你去吧，我已經都安排好了，好好打理院線。」

林夕蕾看了他一眼，想要和他親熱了一下，但也不敢，只能起身離開，既然是考驗，那就得謹慎一些。

林楚其實對她真是沒有什麼想法，但這段時間，她的確是很安分，只不過她這樣的人，也是有心計的。

但只要心計不是用在他的身上，他也不是不能接受。

她過去的閱歷有些豐富，完全就是體現出了足夠的任性，和張麥琪都不能比。

林楚覺得，這件事情也算是一次考驗吧，成與不成，他並不在意，讓她去打理院線，更多的是對她這段時間以來的一種獎勵，那總比當演員要好。

腳步聲再響起，一道身影走了過來，坐在他的面前。

劉文穿著黑色的長裙，腳上是一雙水晶高跟鞋。

高跟鞋的跟有些高，透著小腳，腳趾甲塗著黑色，很有些魅惑。

沒錯，就是之前林楚拍賣得到的那雙鞋子，在去美國的時候，他還給了她。

只是後來兩個人的聯繫不多，但她又回到香江了，知道林楚回來後主動約了他見面。

「林先生，我在香江這邊有一場演出，我來給你送票。」劉文輕聲道，笑得很開心。

林楚接過票，點了點頭，看了她一眼道：「怎麼，是不是遇上什麼麻煩了？」

「那位趙先生，還沒有放棄呢。」劉文回應道，接著起身坐到了他的身邊，拉起他的手，輕聲道：「我能當林家的姨太太嗎？」

林楚一怔，接著笑道：「沒這個必要，我給他打個電話就好了……說起來，他的眼光還是不錯的。」

「可是他太老了。」劉文聳了聳肩。

林楚點頭：「你的意思是，如果他再年輕一些，比如說是四十歲，你就可以跟他了？」

「不，我只是說太老了，哪怕他現在是二十歲，但在你的面前，依舊有如塵埃，我不會高看他一眼。

這個世上，有錢的男人雖說不多，卻是也有那麼一些，但有才華又有能力的男人卻是不多，林先生肯定算是其中的佼佼者。」

劉文說道，接著話鋒一轉：「趙家的財富是趙船王傳承下來的，他們都是二代，能力方面還是有些不足的。」

「你很現實。」林楚點頭，接著想了想道：「我會幫你拒絕他。」

劉文看了他一眼：「我沒有資格是吧？可是我還是……」

最後一句話湊在他的耳邊說的，林楚一怔，搖頭：「你有這個資格，但是我們家人太多了，我怕我照顧不過來。」

「我聽娜娜說，你很厲害，據她推測，你是沒有極限的，所以註定會擁有很多的後代。」劉文接著道。

林楚一怔：「你和娜娜還有聯繫？」

「我們是好朋友嘛。」劉文嗔道。

林楚看了她一眼：「那麼你應當知道我買下維秘了？」

「知道。」劉文應道，很痛快。

林楚笑著道：「這樣吧，我很希望維秘能做得更大，你是超模，想法一定很多，那麼就去幫她吧。

無論如何，你是華夏人，我還是希望你走得更順一些，借助維秘的品牌，可以推出更多的服飾。」

「就只是這樣？」劉文問道，目光灼灼地盯著他。

林楚看了她一眼：「你還想怎麼樣？」

劉文不說話，湊了過來，在他的嘴上親了幾口，嘴唇有點涼。

林楚的心有點烈，隱隱約約間，他的呼吸間盡是女人香。

唇分後，她看著他，水汪汪的，也不說話。

「這下子滿意了？我相信那些狗仔們一定會將消息傳出去的，趙老三不會再打你的主意了。」林楚說道。

劉文搖頭，抱起他的胳膊，頭枕在他的肩上：「我不管，我就是要當你的小妾，娜娜可以，我也可以。

維秘的事，我可以幫忙，是不是打造成奧爾森姐妹那樣的品牌？我有經驗的，一直在學習管理呢，你放心吧。」

「要是像你這樣的女人多了，我還招架得住嗎？」林楚笑道。

劉文也跟著笑：「那是因為你對我有好感呀，我知道追求你的女人很多，奧爾森姐妹也追過你吧？

我聽人說，你拒絕了她們，不給她們任何機會，所以我坐在你旁邊，你沒有趕我走，那就是對我的認同了。」

「有點意思，還挺聰明，走吧，我們回家了。」林楚笑笑，起身時輕聲道：「你對打理藝人這一部分怎麼樣？」

劉文一怔：「藝人？老爺是想讓我去打理星海影業？」

「你行嗎？」林楚在她的腰間拍了拍。

她揚了揚眉：「行啊！怎麼不行？我也是很厲害的。」

「先試試看吧，星海影業的事情一點也不少，這段時間，就算是你的實習了，我在香江會幫你的，維秘那邊，再說吧。」林楚說道。

如果劉文可以，他就可以讓張玉婍去幫助陳思思打理TVB了。

方宜樺都可以，張玉婍沒有道理不行，更何況林楚也會介入，她主要的職責是幫助陳思思，以陳思思的聰慧，足以掌控TVB。

劉文親吻他的畫面，晚上就上了微博熱搜，現在熱搜裡，全是關於林楚的各種新聞。

「香江首富又有新歡，超模劉文成為他的又一任姨太太。」

「有沒有人算過，林首富到底有多少姨太太？」

「據分析，林首富的姨太太應當超過了二十人。」

下面還列出了名單，蘇雨晨、謝子初，這是她們自行公佈的，大姐和二姐，全球都知道了。

洛白花、曾梨、楊小姐、柳施詩、陳思思、張玉婍、孫藝珍、張麥琪、全知賢、王文晴、關嫣紫、布萊克、恩靜、倪霓、尹恩慧、林娜娜。

這些也都是全部自行公開過，所以這就是十八人了。

還有提到了夏婉茹，說是她是亞太釀酒新任總經理，曾經與謝子初很親密，應當是林楚的姨太太。

也提到了管素真，她打理四季酒店的事情也傳出去了，還有洛小雲，這個爆料人提了不少論證。

李菲菲也有被提到過，這就是二十二個人了。

下面還列舉了疑似的人選，包括了陳姝、言丹晨、李小染，甚至還提到秦蘭、唐煙和江書盈，舒琦竟然也被提到。

林楚眯了眯眼睛，這個人對他很瞭解。

此時，他正抱著劉文，她的腿是真長，一身汗，哼哼著：「疼呢，還刷手機啊。」

「疼到現在啊？」林楚笑笑，在她的身後潤厚處拍了一巴掌。

劉文撒嬌：「就是嘛。」

「以後還是得稍微豐滿一點，太瘦了，硌人，不怎麼舒服。」林楚捏了幾下。

劉文頓時有點緊張：「不太好是吧？我們當模特就這樣呢，可是我覺得屁股還挺大啊。」

「我說的不是那兒，你知道就行了。」林楚笑笑，掀起窗簾的一角，看了看外面，陽光正好。

TVB的易主，林楚花了一些心思去處理，還引入了幾檔綜藝節目，進行了一系列的改革。

陳思思已經從大陸過來了，國內的雲明娛樂有蜜梨組合打理也是可以的。她上任之後，和樂憶玲走得較近，張玉琦暫時還在帶著劉文打理公司，要過一段時間，等到劉文適應了再過去幫她。

相比起來，TVB比星海影業複雜多了，所以陳思思一個人肯定不夠，張玉琦幫她總是會好一些的。

林楚收購TVB，很大的原因也是為了版權，整個TVB這數十年的歷史中，拍了太多的電視劇，他準備獨家授權給優播視頻。

這樣的話，相信優播視頻的流量就會變得更大。

現在優播視頻在海外也有了版本，總部就放在新加坡，流量遠遠大於國內。

香江這邊，除了蘇雨夕、陳思思、張玉琦和劉文之外，邱月容也快要回來了。

大澳那邊的林氏莊園倒是造好了，主體建築差不多了，還需要進行內部分割，再來就是園林的設計，最後是裝修。

在這一點上，比四周的廠區還是要快一些的。

沈大路親自操持，他還做了一個地下室，很大，也很結實，主要是為了應對一些不必要的麻煩，甚至還有暗道通往海邊的私家船塢。

船塢可以停放許多的遊艇，從這裡去往港島，總是比地鐵和開車要方便很多。

地鐵也開始投建了，林楚占了主導，擁有52%的股權，還引入香江的許多家族，包括恒基地產、長江實業、邱家、趙家等等。

香江國際中心，T臺上，模特們正在走著貓步，這是一場服裝發佈品牌的秀。

林楚坐在主要的位置上，這一次李小超人竟然也在，趙老三自然也在。

只是看到林楚的時候，他臉上的表情有些收斂，隱約有些失落。

走秀的模特身材都不錯，可以說是爭奇鬥妍，劉文是壓軸出場的。

林楚也沒興趣多看，看了幾眼之後，身邊的李小超人湊了過來：「林先生，中電現在是您的了，真是厲害啊。」

「埃克森公司想要的更多而已。」林楚聳了聳肩，接著話鋒一轉：「你們還有興趣交易？」

李小超人點頭：「這次過來，我主要是為了見一見林先生的，聽說林先生的姨太太要走秀，我無論如何要過來看看林先生的。

林先生，牛奶公司怎麼樣？外加香江制冰公司，我們只要星海手機3%的股權就好了，我相信我們還是能達成一致意向的。」

「可以，明天簽合同。」林楚點了點頭，接著話鋒一轉：「說起來，李先生是前輩，我對他很是崇拜。」

李小超人笑笑，和他握了握手：「過幾天我正好辦了一場派對，就在遊艇上，林先生有沒有興趣？」

「好啊！」林楚應了一聲，這種派對其實就是交際了，他自然不會排斥。說到這裡，他問道：「小李生的女朋友呢？」

「走秀呢。」李小超人對著舞臺努了努嘴。

林楚一怔，抬頭看了一眼，那位梁小姐果然在走秀，身形高挑，長得漂亮，有一幅好身段，行走間那種飛揚難以言說。

劉文是在她身後出來的，壓軸出場，一身淺色的風衣，大長腿很是惹眼。走到林楚的面前時，她敞開大衣，直接脫下，丟到了林楚的懷裡，一個轉身，身上是一件粉色的襯衫，特別漂亮。

四周傳來掌聲，林楚笑笑，這風格，和林娜娜有點像了，夠野。

走秀結束，劉文坐到了他的身邊，一條白色的貼腿褲，配了一件粉色的襯衫，長髮披著，對著他吐了吐舌頭。

林楚將懷中的風衣遞給了她，搖頭：「玩這秀幹什麼？」

「就是想啊，我喜歡這件衣服，不過我和人家要，人家品牌方肯定不給，正好丟給你，他們不可能再要回去了，總是得給你面子呢。」

劉文在他的耳邊低聲說道，林楚一怔，伸手拍了拍她的腿。另一側，梁小姐坐到了李小超人的身邊，正在說著悄悄話。

林楚吁了口氣：「好了，回家吧。」

「不嘛，和我一起逛逛街吧，我想為你買兩身衣服，你的衣服看著總是老氣橫秋的，得換一換了。」

劉文撒嬌，挽著他的胳膊，他笑笑：「我就不去了，還要談些事情，你自己去吧，我讓陳樸送你。」

「去嘛，就一會兒，中午我請你吃飯好不好？我知道有家海鮮排檔，特別好吃，還是上次一個朋友帶我去的。」

劉文撒嬌，別看她是一張冷淡臉，但撒起嬌來卻是很要命的，而且身子柔軟，當真是不錯。

林楚看了她一眼，她湊在他的耳邊說了一會兒話，再撒嬌。他的心一熱，這都開出條件來了，這樣的條件，他還拒絕不了，那就只能點頭。

逛街並不是一件讓人愉悅的事情，尤其是對於林楚來說，他就沒有這個愛好。

逛了街，大包小包買了一堆衣服，劉文這才帶著林楚去吃飯。

她選的地方還不錯，在海邊不遠的一家餐廳，海鮮的味道很不錯，這並不是屬於徐氏餐飲的餐廳。

和劉文在一起的時候，林楚還是很開心的，似乎是在談戀愛一般。

她是年輕的，那張臉很高級，身材也很高級。

林楚牽著她的手，行走在路上，她穿著平底鞋，和他差不多高，很引人注目。

只不過她逛了沒多久就沒力氣了，說到底，身子的不適感還是需要休息的。

上了車，她靠在他的身上，哼哼著：「老爺，都是你，人家以前一口氣能走一整天的，現在都走不動了。」

一邊說她一邊脫了鞋，小腳擱在他的腿上，她的腳真是很好看。

林楚在她的腳上拍了一下：「有沒有味啊？」

「沒有呢，人家的腳一直都是沒有味的，而且還穿著襪子呢，你看，黑絲，漂亮吧。」

劉文翹著小腳，將腳湊到了他的面前，笑嘻嘻的。

腳也不可能有什麼味，絲襪的確很美，林楚握住了，大拇指在腳背上摩挲了幾下，林楚看著她。
她的臉色紅紅的，輕輕咬了咬嘴唇，轉了個身，躺在他的腿上。
這是一輛保姆車，空間要大一些。
林楚瞇著眼，過了挺長時間，他讓陳樸開了一圈，停在一處百貨公司的外面。
劉文抬頭的時候，對著他笑了笑，眸子裡是化不開的情愫。
「老爺，人家好不好？」劉文低聲道。
林楚的手插進她的髮絲間，點頭：「好！挺好的，我們回家了？」
「回家，答應老爺的事，都得做，還請老爺憐惜人家。」劉文笑咪咪的。
車子回家，淺水灣別墅中並沒有人，兩人手拉著手回家，林楚竟然心有期待。
香江牛奶公司、中華煤氣、香江小輪公司、香江制冰公司，再加上中電，這五家公司被新成立的林氏實業控制。
而林氏實業的總經理就是元青青，她的能力得到了進一步的體現，表現得相當厲害。
醒來時，林楚抱著蘇雨夕，她的身材豐腴，腰細盈，一身溫潤。

林楚在她的後背上親了幾口，慢慢起身。

元青青、張玉婍、陳思思和劉文睡在一側，林楚起身收拾了一下，吃了早飯，這才出家門。

李小超人的私人派對，就在淺水灣不遠處的碼頭。

遊艇很大，也很氣派，林楚上船，陳樸一路跟著他，李小超人迎了過來，和他抱了抱，很開心。

「林先生能來，這就是最好的了！」李小超人樂呵呵道，接著介紹了一番一側的人。

一側有很多的人，林家的人，丘家三姐妹都在，還有大劉等等。

看到林楚，大劉主動迎了過來，握了握手：「林先生現在是香江首富了，沒想到這麼年輕英俊，還那麼有能力，真是佩服。」

「大劉生是前輩，白手起家，值得我學習。」林楚笑笑。

他在這兒還真是屬於年輕一代了，大劉都五十多了，李小超人也四十多了，但他和兩人在一起，氣勢不落下風，還尤有過之。

一側還有很多的人，其中有不少明星在，除了TVB之外，還有亞視的人。

亞視現在已經易主多次了，從林家到龍維集團，再到名力集團，只不過林家始終是亞視的股東，還有最後一點牽絆。

幾人坐下，大劉微笑道：「林先生現在投資了地鐵公司，我能不能入個股？」

「恐怕沒了，我這肯定是要控股的，在座的一些朋友也都入股了，人員滿了。」

林楚聳了聳肩，丘氏三姐妹中的大姐丘永雲笑著說道：「劉叔，我們家投了4%的股權，不能再讓了。」

「那真是遺憾！」大劉笑了笑，接著輕聲道：「那麼林先生的星海手機，我還有沒有機會？」

四周所有人都看了過來，一個個都是一臉異樣，帶著期待。

林楚一怔，接著搖了搖頭：「這件事情，容我再想想。」

「那就喝酒。」李小超人笑笑。

幾人喝了酒，不再聊這方面的事情了，男人和女人分開，大劉摟著一名小模特走開。

其實現在的他已經不太喜歡女明星了，身邊也有了心儀的女友。

甘願為他生了孩子，他也收心了，所以現在只不過是逢場做戲而已。

林楚又看到了陳閔之，他怔了怔，陳閔之對著他笑，擺了擺手，慢慢走了過來，在他的身邊坐下。

一身黃色的禮服裙，很合身，腿還是那麼長，坐下時她輕聲道：「林先生，沒想到你現在是我的老闆了。」

「你怎麼又來了？」林楚問道。

陳閔之笑著應道：「因為我知道林先生會來的。」

「現在的TVB，我認識的人不多，你是一個，所以呢，往後總是有更多的機會安排給你，我會和思思說一聲。」林楚點頭道。

陳閔之應了一聲：「我已經和陳小姐見過了，她對我的印象還不錯。」

「你演技還需要再磨練一下，只不過跟你配戲的人不好找，你太高了……對了，最近TVB要進行一些改革。

把演員的片酬提升一些，現在過於苛刻了，這主要是因為機構過於臃腫，我準備裁掉一批人的。

有些部門的權力重疊，這一點沒必要，多餘下來的錢，要花在演員片酬這方面，我們的演員往後也要調整。

人太多了，調整一部分進影視公司，這樣對演員的發展也是有利的，星海影業那邊也是需要演員的。」

林楚接著道，陳閔之的眼睛一亮，看著他道：「林先生，我可以去演電影嗎？」

《寒戰2》要開拍了，你可以去試鏡的，林楚應了一聲。

陳閔之很開心地笑：「只要林先生願意給我機會就好了。」

「機會肯定有……好了，幫我去拿點水果來。」林楚笑道。

陳閔之起身去拿水果，林楚吁了口氣，這種地方著實有點無聊，只不過大劉想要星海手機的股權，倒也不是不能商量。

最重要的還是要看他手裡有沒有相匹配的東西，華人置業的話，他應當是不會讓出來，只能看看情況了。

丘永嫺走了過來，坐在林楚的身邊，輕聲道：「林先生，星海手機要轉讓的話，我們丘家有沒有機會？」

「不好意思，目前沒有打算轉讓，而且你們丘家的財產足夠豐厚了，遠東集團涉入的是銀行業和酒店業，怎麼想著進入IT業？」

林楚搖了搖頭，丘永嫺看了他一眼道：「林先生，時代總是在進步的，銀行業和酒店業的增長空間有限了，而IT業才是未來的主流。

我知道林先生現在擁有了輝煌銀行，對接了移動支付，這是一項巨大的改革，對於未來的業務增長有著極大的好處。

所以我爺爺說，如果林先生同意，可以將我們遠東銀行也合併了，我們只要求輝煌銀行8%的股權就行了。

當然了，如果能夠合併，那麼其他人的股權就要適當壓縮了，林先生手中的股權也要讓出一小部分。」

林楚一怔，目光落在她的臉上，身為名媛，見識果然不凡。

「遠東銀行……」林楚想了想接著道：「我考慮一下，這件事情影響不小，輝煌銀行將會是未來林家的基石。」

丘永嫻點頭：「我都明白……」

話音未落，一側傳來了一陣的熱鬧聲，他扭頭看去。

兩名女子走了過來，丘永嫻低聲道：「那是霍家的人，霍永師和劉澤一，長得漂亮，很受人追捧。」

「霍家也來人了？」林楚怔了怔，一臉異樣。

丘永嫻笑道：「小李生組織的派對，總是要給面子的，更何況還有林先生在，大多數人都想認識林先生的。」

林楚點頭，沒再說話，霍永師和劉澤一走了過來，的確挺漂亮，比丘家的三公主還是要漂亮一些。

兩人坐到了他的身前，同時笑了笑，霍永師對著他遞出手：「林先生好，我代表父親向你問好，父親讓我問你什麼時候有空到我們家去做客？」

「會有機會的，近期我要返回大陸一趟，拍電影。」林楚應了一聲，很客氣。

霍永師點頭，臉上的笑從未停過：「那我們加個雲書吧，我也一直在用星海手機的，這款手機真是太棒了。」

兩人加了雲書，劉澤一也湊熱鬧，丘永嫻也加了，幾個人聊了幾句，聊的都是藝術、美食方面的。

「林先生的電影總有一種啟迪人性的感覺，《黑天鵝》也好，《盜夢空間》也好，都是最頂尖水準的，國內沒有人能拍出來。

還有《尋夢環遊記》，我最喜歡的一部電影，我們全家都愛看，我還看過一部電影，叫《希望的另一面》，特別有意思。

這部電影我是在歐洲看的，香江沒有引進，是不是不會引進了啊？那部電影也是真正的頂尖作品。」

霍永師輕聲道，眸子裡閃耀著興致勃勃。

第七章 醫院

林楚一怔，她倒真是很有心了。

「會上映的，近期在配音了，估計在下個月上映吧，國內同步上映，這部電影的確是有意思的，只是太小眾了一些。」

林楚輕聲道，眸子裡帶著笑，劉澤一接著道：「林先生，我有看過林先生的一些小說，包括《饑餓遊戲》，真是一部好書呢。」

「謝謝誇讚！」林楚聳了聳肩。

丘永嫻揚著眉道：「我覺得，林先生的才華不是在這方面，而是在商業運作方面，收購米高梅、漫威。

還有創立星海手機、雲書，這都是世界上最頂尖的發明，手機還要早於蘋果，這更是不可思議的，有人稱他為手機之父。」

幾人迎合著，林楚卻是很平靜，這就是高捧了，他還是得謹慎一些，不能迷了雙眼。

陳閔之走了回來，放下了兩個果盤，站在那兒也不敢坐。

林楚伸手拍了拍左側，她這才坐下，對著幾女笑了笑。

他拿起果盤，慢慢吃了起來，這兒的西瓜味道還是不錯的，挺甜。

「林先生，你家裡到底有幾位太太？」丘永嫻問道，帶著好奇。

四周的幾人都看了過來，林楚笑道：「我還沒結婚呢，嚴格意義上來說不能算是我太太，都是我女朋友。

只不過在我的心裡，她們都是我最喜歡的人，你們要問的話，二十幾個總是有的，網上都是有爆料的。」

「爆料都是準確的？」霍永師問道。

林楚搖頭：「不儘然，不過那並不重要，我也不會去更正，這對我的名聲並沒有什麼損害，至於女方要不要更正，那是她們的事情。」

「我從來沒有見人更正過，對於她們來說，只要林先生不更正，她們就沒這個必要去更正，畢竟這可以提升她們的名氣。」

霍永師應了一聲，臉上有些玩味。

林楚笑笑：「好了，就到這裡吧，我得去曬會兒太陽，這兒真是挺舒服的。」

幾人笑笑，散開，林楚走到一側坐下，躺到了躺椅上。

陽光不錯，海面無風，所以曬得人懶洋洋的。

陳閔之躺在他邊上的躺椅上，丘永琪從一側走了過來，躺在他的身邊，笑咪咪看著他。

丘家三姐妹，輪流接近他，應當和長輩的叮囑有關，丘家對於輝煌銀行真是抱有一定的野心。

林楚卻是不想再分潤股權出去了，他已經擁有過80%的股權，分了一部分出去，但那算是答謝。

在他的預想之中，手中的股權不能低於八成，畢竟輝煌銀行已經完成了退市，可以說是成了完全私有的銀行。

如果再引入丘家，給他們8%的股權，他至少要讓出幾個點，手裡的股權應當就到了76%，這不符合他的預期。

但遠東銀行，他也有點興趣，這家銀行的規模不算小，在世界各國都有分行。

「林先生，下次我們的派對，你能不能來啊？」丘永琪問道，臉上有些憨態。

林楚一怔，搖了搖頭：「我也不知道啊，這個得看時間，我不是一直在香江的，而且也不可能一直都有空。」

「我們會提前通知的，林先生請放心！有林先生過來，我們就可以請到更多的人了，林先生現在就是活招牌。」

丘永琪一臉飛揚，林楚笑笑，沒應聲。

再吃了幾塊西瓜，他放下了盤子，瞇著眼睛，打著盹。

船繞了一圈，開始返行，這一次的行程一共有兩個小時。

室。

這兒的船艙休息室也大，林楚觀察了一下，有不少富豪帶著女人進了休息室。

這樣的例子不少，很普遍，至於他們去幹什麼了，那就是不言而喻的。

只不過林楚卻是沒什麼興趣，對於他來說，能躺著休息就好了。

陳閔之看了他好幾眼，臉色紅紅的，林楚注意到她的樣子，問道：「你總是看我做什麼？」

「沒什麼……我就是想看看，林先生是不是要帶我進去。」陳閔之應了一聲，臉色越來越紅了，總有些不好意思。

林楚搖頭：「放心吧，我不是那樣的人，你好好休息就行了，別想那些不著調的事，一會兒下了船，我送你回去。」

「謝謝林先生。」陳閔之點頭，一臉驚喜，但眸子裡卻是有些失落。

林楚擺了擺手，沒說什麼，眸子裡有些散。

大劉從一側走了過來，躺在林楚身前的躺椅上，扭頭看了他一眼道：「林先生，投資的事情，你是怎麼考慮的？」

「大劉生拿什麼來換？」林楚笑笑，很平靜。

大劉點頭：「不知道林先生對豪宅有沒有興趣？我在內地還有幾塊地，比如說是九百那邊，我想湊出幾十億不成問題。」

「大劉生，我和你一樣，總是希望得到一些更有發展的項目，豪宅的話，並沒有什麼意義。」林楚應了一聲，算是拒絕了。

說到這裡，他的話鋒一轉：「大劉生，我們會有更多的機會合作的。」

「林先生的資產已經超過了三百億美元吧？今年的福布斯，應當就是香江首富了。」

大劉點頭，接著話鋒一轉：「能和林先生合作，我是很高興的。」

林楚笑著，沒再說別的，聊起了風華雪月。

大劉的年紀大了一些，那些心思都淡了，聊了半個多小時，大劉睡著了。

遊艇回到岸邊時，林楚下了船，帶著陳閔之離開，一路把她送了回去。

回頭轉向淺水灣時，他看了看手機，微博上關於他的消息還是不少的。

關於林家太太的討論，不僅沒有停止，反而是越來越烈了。

那些被涉及到的人，果然沒有人出來反駁，林楚想起霍永師的話，那的確是有道理。

雲書上傳來提示音，這是秦蘭發過來的：「老闆，外面都說我是你的姨太太，要不要我出面否認一下啊？」

現在她的呼聲是越來越高了，林芷玲又被牽扯了進去。

林楚回了一條：「你看著辦吧，無所謂的，我這兒沒什麼大問題。」

「那我就不否認了，免得別人說我清高之類的。」秦蘭回了一條語音。

林楚正要回應時，她又補了一條：「老闆，最近我拍的電視劇殺青了，有沒有適合我的電影啊？

陳姝和言丹晨都去好萊塢接戲了，李小染也去了，我覺得我也可以的，老闆，請一定要給我一次機會。」

林楚笑笑，原來她是記著這事呢，只不過從目前來說，他沒有打算推更多的演員去好萊塢，那總得循序漸進。

「再等等，爭取明年給你找個機會，這次我回去要拍一部戲，到時候你來客串一個角色吧，先試試水。」

林楚回了一條，他說的是《心花路放》，那裡面的女性角色很多，可以捧更多的人。

秦蘭回了一條：「不急的，只要老闆想著我就行了，我可以等的，再久都行的。」

放下手機，他吁了口氣，這些事情真是不少的。

香江的事情處理完之後，林楚返回了大陸。

他讓人籌備劇組，準備拍一部新戲，這次就拍《心花路放》，拍完就準備回美國了。

這次回來主要是為了整合香江的產業，現在整合完成，他把成事也帶到了大陸，讓他打理飽了麼。

東海，細雨，林楚下飛機時，看到一側的房車，房車邊上站著一道俏麗的身影，打著花傘。

林楚笑笑，迎了過去。

管素真穿著淺黃色的上衣，配了條黑色的打底褲，那種大氣的性感撲面而來。

兩人抱在了一起，親了幾口，這才上車。

「老公，好想你啊。」管素真笑咪咪道。

林楚坐在沙發上，她側了側身子，坐在他懷裡，他握著她的腳，再親到了一起。

現在的管素真是黏人的，特別黏人，就好像要把從前所有的愛都表達出來一般。

從前的她，冷靜、睿智，從來沒有這種小女人的樣子，完全就是領導的樣子。

「老公，四季酒店這邊都整合好了，現在生意好了，我開了不少人，也請了幾個人……不過我覺得我們應當把目光放眼全球，你覺得呢？」管素真輕聲道。

林楚笑著道：「忘記告訴你了，我剛剛收購了和睦家，本來想交給你去打理的，這才是你的強項吧。

我是這樣打算的，和睦家目前的發展重心是在亞洲，香江那邊會有一家綜合性的大醫院，正在建造，就選在大澳。

還有日本、韓國都會有，不過國內是重心，你來打理好了……當然了，醫院的體系不一樣，我們的目的是為了提供更優質的服務。

所以重心還是要收服務費用，至於手術和其他費用，那就儘量不要太貴，畢竟私立醫院，對標的是中產。」

「醫院啊！」管素真怔了怔，接著擰了擰腰，這讓林楚發出輕哼音。

管素真知道是什麼原因，得意地笑了笑，又擰了幾下，林楚伸手在她的潤厚處拍了幾下，她開心地笑。

接著兩人就倒在了一起，就這樣過了很久，回到光南路楚居的時候，雨還在下著。

地下車庫中一片安靜，好在家中無人。

等到林楚抱著管素真回家時，她還在失神之中，直到將她放在床上，她這才回過味來，抱著他親了又親，很黏人。

「老公……」管素真喃喃道，撒嬌的聲音很媚，只是聲音中微微有些啞，剛才喊的有點大聲了。

林楚笑道：「剛才可不是叫我老公呢。」

「哥哥，好愛你……」管素真笑咪咪道，倒真是不在乎面子問題，這就是戀愛中的女人，不會受困於某一件事情，大大方方。

林楚在她的脖子間親了親，檀香味濃郁，很好聞，這種軟綿綿的身子就是頂尖的女人。

謝子初、江羽燕，還有管素真都是這種身子，世間罕見。

東海大學，林楚走入其中，秋風中，校園多了幾分秋意，一張張蓬勃的臉帶著朝氣，那應當是今年的新生。

林楚總覺得自己有些滄桑，可是他明明才二十一歲而已。

站在一株樹下，他扭頭看了一眼，那裡是管素真曾經的辦公室，只是現在的她正躺在他的床上睡覺。

林楚吁了口氣，給方柔發了一條雲書：「小圓臉，吃飯啦。」

宿舍中，方柔正在那兒看著微博，關注的全是林楚的消息，只不過他的消息實在是太多了。

「班長，大神又有什麼消息啊？是不是又有新的姨太太了？」宿舍裡有人問道。

方柔揚了揚眉：「他有這個資格的，當他的姨太太也很好啊。」

「那肯定了，要是大神要我，我也願意當他的姨太太。」一名女生一臉驕傲地說道。

方柔嘆了一聲：「我都好想他的，他也不知道什麼時候回來……對了，以後我也是他的姨太太了。」

「真的啊？太好了，班長，那記得帶我們去你家裡玩，我們要和大神合影。」

女生們尖叫了起來，方柔扭頭看了她們一眼：「想得美！我才不會呢。」

「求你了，班長，我們可以幫著你暖床。」

方柔正要說話，雲書提示音響起，她看了一眼，怔了怔，接著尖叫了一聲，直接往外跑去。

「班長，鞋子還沒換呢。」

方柔這才回過神來，回身換了鞋子，襪子都沒穿，拿著飯碗就跑。

甚至她穿著一條白色的小短褲，上身是一件長袖的T恤，很顯身材的，再加上她的身材的確是不錯的。

現在的她，已經是班長了，她的能力是相當不錯的，而且也足夠聰明，從林楚的雲書消息中就能推測出他來學校了。

一邊跑她一邊打開了雲書的視頻，林楚接起來，站在一株樹下，她一眼就看出來這是學校門口的大樹。

「哥哥，我過來了，你等我。」方柔跑著，有點晃。

林楚的目光卻是看到了一點不該看到的東西，女生宿舍的秘密總是少有，他揉了揉額頭：「別跑那麼快，慢點，都晃成什麼樣子了。」

放下手機，林楚想了想，剛才那個女生，很有料啊。

方柔跑到他的面前時，氣喘吁吁的，直接撲到了他的懷裡，緊緊抱著他，仰頭索吻。

林楚親了她幾口，鬆開時，她的臉色紅紅的，他捏著她的臉道：「穿這麼少，不冷啊？」

「剛才跑得急，都忘了嘛！人家本來還有準備絲襪的，就是哥哥之前送的，但也給忘了，就光著腳出來了。」

方柔笑咪咪道，她變漂亮了一些，但小圓臉卻是越發可愛了。

兩人牽著手去食堂吃飯，林楚的到來，還是引來了轟動，很多人過來要簽名。

林楚來者不拒，好在東海大學的人就這一些，所以半個小時就處理得差不多了。

吃了一頓飯，林楚不得不提前離開，順便帶走了方柔。

回到家的時候，方柔進門時光著小腳，她的小腳不大，很晶瑩，有點肉肉的感覺。

坐在沙發上，她明顯有點拘謹，拉著林楚的手，小聲問道：「哥哥，姐姐們呢？我好害怕，她們不會嫌棄我吧？」

「嫌棄你什麼？」林楚問道，伸手握著她的小腳，很舒服。

方柔笑道：「那不嫌棄我就好，以後我就是哥哥的小妾了是吧？」

「你怎麼也說小妾？」林楚伸手捏了捏她的臉。

方柔哼哼了兩聲，趴在他的胸前：「哥哥討厭！微博上都是這麼說的啊，我覺得也沒什麼啊，小妾就小妾，反正和哥哥在一起就行了。

哥哥剛握了人家的腳就摸人家的臉，不講衛生的……不過我的腳很乾淨的，一直也有保養的呢，香香的。」

林楚不說話，她的腳的確是很舒服，讓人愛不釋手，而且還很嫩。

細雨籠著林氏莊園，占地五百畝的林氏莊園有如一座大公園一般。

週邊是一圈保鏢們住的房子，主建築之中有兩百多個房間，占地相當大，有些磅礴之感，設計也極為前衛。

冬日的香江，透著微微的涼。

只不過房子裡有地暖，中華煤氣接入的管道，這家公司是屬於林楚的，要排管還是很方便的。

大澳這塊地和從前完全不同了，產業園區已經建起來了，半導體生產廠，還有林楚在香江的所有產業都整合到了一起。

遠處的居民區也不少，還有兩家大型商場，一家超大的醫院，都是屬於林楚的產業。

林氏實業控股的地鐵也開通了，星海實業也搬過來了，單獨建了實驗樓，注重於研究。

客廳中正在播報著新聞：「世界首富林楚先生得到了太平紳士、大紫荊勳賢，他昨日剛從美國回到香江。

屬於他的時代已經開啟了，據前線的記者報，米高梅連續三年盈利，成了美國最賺錢的電影公司，單單奧斯卡最佳影片，林楚先生就得了兩次。

下一步，林先生說是要收購一家有線電視網，據分析應當是康卡斯特，目前林先生的產業佈局已經滲入了歐洲。

他在瑞士建了一座私人莊園，占地有六百畝，他也是全球擁有比特幣最多的人，據說還專門成立了一家相關的公司……」

電視裡的主持人很漂亮，這是TVB的報導，林楚笑笑，兩年已過，這已經是2010年了，馬上就要過年了。

余英和林青河也移居香江了，都住在這裡了。

懷中，俏麗如仙子的少女抱著他的脖子，正在索吻。

少女的頭髮染成了金色，很漂亮，有一種無憂無慮的感覺，這就是小雪麗，也已經長大了。

她赤著小腳，晃著，瘦瘦的小腳，雪白的皮膚，因為沒有受到過更多的騷擾，所以整個人有一種飛揚的美。

「歐巴，我好喜歡你的，我一直在跳舞，姐姐們都說，歐巴喜歡的是漂亮，身材好的姑娘，我就有專門的鍛煉。

你看，我的身材很厲害吧？和知賢前輩比都不差了呢，小雲姐姐說了，我的身材足以列入家裡的前五了，最主要的，沒有人的腰比我更細。」小雪麗一臉驕傲。

林楚笑笑，捏了幾下，拍了拍她的潤厚，扭頭看向一側。

一側的榻榻米上，布萊克和全知賢坐在一起，兩人的肚兒都圓了，又有了寶寶。

全知賢之前已經生過一個了，這是第二個，而布萊克則是第一個，兩人的臉上洋溢著母性的光輝。

另一側，恩靜的肚子也圓了，很開心，智妍正靠在她的肚子上聽著聲音，一臉興奮：「歐尼，動了呢，孩子動了。

我也要有寶寶，真是的，我都很努力了，就是歐巴不努力，他總是那麼忙，最近還弄什麼比特幣。

對了，還弄了什麼抖音，就是海外的推特，不過我們下一步要去瑞士的吧？房子造了一年了，今年才弄好，他們的效率不高。

明年我們才能住進去的……歐尼，現在韓國那邊的組合太多了，我們公司的人也越來越多了呢，很多人都想爬上歐巴的床。」

恩靜伸手在她的潤後拍了一巴掌，嗔道：「就知道胡說八道。」

「才沒有胡說呢！昨天敏京還和我說，好喜歡歐巴的，還有允兒也這麼說過，我又不傻的……」智妍嗔道。

邱月容從外面走了進來，放下了手中的雨傘，一身白裙，腿上是白色的絲襪，微濕。

林楚起身迎了過去，她投入了他的懷中，身材依舊輕盈。

在她的身後，柳妙思跟著。

自從去年的春節，林楚帶著邱月容回山江過年，柳妙思見過了她，就知道一些事情了，只不過她也沒說什麼，邱月容就這樣融入了林家。

邱月容和柳妙思都生了寶寶，林楚的孩子已經有五十個了。

蘇雨晨生了三個兒子，謝子初是一兒一女。

「辛苦你們兩個了。」林楚摟著兩人，走向內裡。

她們剛從瑞士回來，之前去丹麥考察，然後去瑞士看了看那邊的莊園。

莊園離阿爾卑斯山不算遠，可以經常去滑雪的。

她們去丹麥是與樂高合作了，完成了一筆交易，得到了樂高25%的股權，這是史無前例的勝利。

「小十五比較辛苦的，她太厲害了，在玩具方面太有天賦了。」柳妙思笑咪咪道。

邱月容抿著嘴道：「六姐也厲害的，不過我們兩個都加入了瑞士國籍，這也是一種交換吧，老爺，其他姐姐呢？」

「要過年了，其他人就都會回來了。」林楚應了一聲。

倪霓從樓上走了下來，看到邱月容，她跑了過來，和她挽在了一起，她們兩人之間的關係竟然是最好的。

「老爺，對了，有件事情要和你說說。」倪霓輕聲道。

林楚看了她一眼：「什麼事這麼神神秘秘的，你也是當媽的人了，不知道要穩重啊？」

倪霓吐了吐舌頭，拉著他走到了一側的角落裡。

「老爺，小染姐的寶寶兩歲多了。」倪霓低聲道。

林楚一怔：「她的寶寶和我有什麼關係……你的意思是，當年的事情，還有她？」

倪霓點了點頭，林楚看著她，沉著臉。

看到他的樣子，倪霓頓時嚇了一跳，直接跪下，抱著他的腿：「老爺，是她不讓我說的，這些年，我一直在資助她的。

那一次，你把我們兩個人都……你那麼厲害，我扛不住的，所以都是她在承擔火力，後來就有寶寶了。

我說了很多次，想讓她回來，但她說她不配嫁進林家的，只是我想了想，還是得說，否則將來老爺肯定得生氣。」

「起來吧，她在哪裡？」林楚沒好氣道。

怪不得當初隱隱約約記著，她的身材非同一般，當真是有料。

倪霓應了一聲：「在京城。」

「我回去一趟吧，正好接著阿梨一起回來，還有那個不省心的傢伙，你伺候好爸媽。」

林楚伸手捏了捏倪霓的臉，沒好氣道。

倪霓抱著他親了幾口，湊在他的耳邊道：「老爺，我就知道你疼我，不會怪我的，反正大不了我就肉償。

一個人不行的話就拉著人一起，總之要讓老爺滿意的……老爺，我和你一起去好不好？路上你好好懲罰我！」

「什麼懲罰？我也要！」智妍跳了過來，很開心。

林楚甩手拍了一巴掌，拍在她的潤厚處：「哪兒都有你……」

「呀！歐巴，這就是懲罰？我也跟著去好不好？你可以一直打我的。」智妍笑咪咪的。

她長高了，有一米七了，比前一世還要高了一些，當真是又美身材又好，腿特別長。

只是笑起來有些憨憨的，那種樣子有些滑稽。

第八章

蒼涼

星海手機的發展很快，已經成了全球最頂尖的手機品牌了，和全球許多的代加工廠都有合作。

甚至林楚還和蘋果公司交換了部分股權，雙方互相持股，這是蘋果對林楚的認同，林楚在蘋果的董事會中擁有了兩個席位。

目前……他在美國的豪宅也在重新打造，就在洛杉磯的海岸，距離比弗利也不算是太遠。

林楚已經二十三歲了，依照正常的軌跡，他早就畢業了。

從前的同學，他也很少會聯繫，只是很多人都進了九鼎遊戲，進了微博、雲書等等。

京城，李小染住在四合院中，不大，這是倪霓給她買的。

冬天的京城，下著一場大雪，大雪覆蓋著，只是屋子裡卻是很暖和。

一名兩歲多的小女孩在一側跑來跑去，赤著腳，地板上很暖和，保姆正在和她一起玩。

李小染最近也沒演戲，自從演了超級英雄之後，她紅了，但其他戲都不想接。

生了孩子之後，她的心思就更淡了，安心照顧孩子。

國內很多的導演都給她打了電話，讓她接戲，角色也不錯，但她都生不出興趣，現在照顧孩子是她唯一的選擇。

她穿著白色的背心，配了條黑色的瑜珈褲，光著小腳，整個人比從前更漂亮了，身材也更好。

一天之中，有一半時間她都在練形體，所以腰很柔軟，那種丰韻常人難及。

追求她的人很多，包括一些頂尖的富豪，但她從不理會，因為她的心裡只有那一個人。

有時候她也會想著，那個人會不會回來找她，她會抱著他，說著喜歡他的話。

看著遠處的小姑娘，隱約間長得和那個人有點像，而且從小聰慧，那才是屬於他的基因，世間最優秀的。

手機響起，這是有人打了視頻，雲書的應用越來越廣了。

接通後，一張漂亮的臉出現，那是陳姝，她也在京城，去年她也生了孩子，也是他的，她的身材依舊苗條，特別漂亮。

「小染，出來逛街啊，過年了，總得買點東西吧？」陳姝說道。

李小染嗔道：「你不是要去香江過年嗎？那兒什麼沒有啊，還買什麼東西？」

「我想買點年貨帶回去的，你知道的，老爺就好這一口，比如說是京城的烤鴨，還有羊肉，我在羊莊裡買了一百頭灘羊，一頭六十斤。

一共有六千斤，正好我們家有一架小型的飛機在京城，我們可以直接飛回去……我們家的冷凍庫很大的，超級大。

要不你和我一起去香江過年？反正你回家也沒意思，香江那邊還是很好玩的，大浪灣的海很美，也不冷，還有遊艇呢。

我公公和婆婆也搬到香江去定居了，一家人在一起總是好的，對了，你帶著妞妞一起，就過來吧。」

陳姝笑咪咪道，盤著長髮，就在頭頂，整個人的明媚極了。

一道身影出現在她的身後，看了一眼：「姐，去買年貨的時候，記得再買幾個牛頭，我們老爺愛吃。」

這赫然是胡雪盈，她也懷孕了，但身子還是曼妙，精緻的臉很漂亮，只是看著有點傲嬌，她最終也成了林楚的人。

陳姝扭頭看了她一眼：「知道了，你小心點，別亂跑。」

「我就是鍛煉一下，放心啦。」胡雪盈笑笑，擰著腰走開。

李小染很羨慕這一幕，正要說話時，外面的門被推開，她一怔，側頭看了一眼。

一道身影走了進來，身後跟著兩個人，一人是倪霓，另一人是名俏麗如精靈的姑娘，應當是韓國一位愛豆，真的很漂亮，有一種青春無限的感覺。

當然了，只是曾經的愛豆，還挺有名，現在似乎也嫁進了林家。

看著那道每天想念的身影，李小染的心驀然烈了起來，有一種想哭的衝動，她知道，倪霓來了，他一定是知道了所有的事情。

她起身，手機掉在地上，接著她朝外跑去，也不管穿得少，還赤著小腳。

陳姝一臉疑惑：「小染，誰啊？那個人有點像是老爺，可是我沒聽說過老爺要來京城啊……」

李小染自然什麼也聽不到，已經跑了出去，腳踩在雪地上，冷得徹骨，但她不在乎，一路跑到林楚的面前，也不敢抱他，緊緊握著拳頭。

林楚看著她的樣子，那種白生生的樣子很美。

他深吸了一口氣，拉開大衣，她投入他的懷中，林楚一托她的潤厚，她的腿收起，盤到了他的腰間。

林楚拉起大衣就那樣托著她，她的頭露在外面，柔軟的身子香噴噴的。

「你說我該怎麼懲罰你？」林楚低頭，盯著她，接著話鋒一轉：「讓我的女兒流落在外這麼久，你該打！」

李小染抬頭看著他，輕聲道：「你打我屁股好不好？打爛了也不管的。」

「我不心疼啊。」林楚捏了一下，重重哼了一聲，接著瞪了她一眼：「我就不要你了，把女兒接走就行了。」

李小染的眸子頓時灰暗了下來，有些驚恐的味道，拼命搖頭，眼淚都流了下來：「不要……不要……求你了，我喜歡你……」

「傻瓜，我只是開個玩笑你還當真了啊？多大的人了啊，都三十多了，還這麼幼稚？」林楚哼了一聲。

李小染這才笑了起來：「那人家就是傻嘛，在你的面前，誰還不傻啊？那你說怎麼懲罰我都行的。」

「這樣吧，一會兒去你臥室，你這樣……」林楚湊在她的耳邊說了幾句。

她拼命點頭，很開心的樣子，雙腿一折，反勾到了他的肩頭，展示出了無比的柔軟。

林楚抱著她進屋，身上落了雪，這個冬日總是有些迷人。

她的身子是暖的，一片溫膩，還香噴噴的，特別舒服。

進了屋，他看了看一側的小姑娘，小姑娘看到他，喚了聲：「爸爸？」

林楚抱了抱小姑娘，親了幾口，有些開心，無論如何，這也是他的血脈。

李小染始終在他的懷裡纏著，他沒放下她，她不敢動。

兩個人進了一側的臥室，關上門時，她這才跳下來，林楚用毛巾為她擦著腳，小腳很涼，也很美，他把玩了片刻。

下一刻，她趴在那兒，扭頭看著他，水汪汪的。

雪更大了，林楚抱著她，暖暖的，她的身子當真是絕妙。

也不知道過了多久，她哼哼著，一臉酡紅，身上都是汗，趴在他的懷中，在他的脖子間一直在親著。

「老爺，可以了嗎？」李小染輕聲道。

林楚點頭：「可以了，你至少有兩天都不敢坐了。」

「沒關係的，老爺喜歡就好，其實我很喜歡，就算是疼也是值得的，再疼也及不上我對老爺的思念。

無數次我盼著能和老爺再次相逢，沒想到卻是以這樣的方式相會，老爺還要我，我就好高興啊。」

李小染輕聲道，眸子裡只有開心。

林楚伸手拍了拍她的潤厚，她發出輕嘶音，但還是臉色紅紅的，一臉滿足。

這樣的媚態，讓林楚如何不愛？

京城的雪下了兩天，林楚沒急著回香江，而是去看了看林青山，以他的身份，沒法去香江過年。

所以林楚送了點禮物過來，本來他還要接林達開去香江過年，但被拒絕了，無論如何，林青山在這兒，他們要是也走了，林青山就無家可歸了。

林達開還埋怨了一番徐妙人，說是她沒結婚也不知道回來過年。

但他不知道的是，徐妙人已經生了兩個兒子，還是雙胞胎，孩子都有一歲了，一直住在香江。

張玉卿其實已經知道了，但她沒有和林達開說這事。

生了孩子之後，徐妙人的事業心反而更強了。

林楚看了林青山，走出社區時，心裡突然間就想到了東海的邱月容，有些空落落的。

她在哪兒過年呢？

想了想，他給邱月容發了一條雲書：邱姨，和我去香江過年吧，我家裡夠大，你要是同意，我就過來接你。

東海，邱月容正在舞蹈室裡坐著發呆，這兩年過去，她還是那麼年輕，只是眼角多了兩縷皺紋。

看起來並不明顯，舞蹈工作室在東海開了五家了，生意越來越好，現在的她只負責打理，不再教學了。

收到雲書的時候，她的心驀然疼了一下，想了想，她咬著牙回了一條：

「好！」

京城街頭，林楚看到雲書的時候，笑了笑，心裡也不知道想到了什麼。雪還在飄著，林楚靜靜抬頭看著，這一世，他似乎是成功了。

成功的標準是什麼？林楚也不知道，但要說是富可敵國，他已經有了這樣的資格。

有人說是左擁右抱，他也有了，家裡的女人很多，而且都是最頂尖的，很漂亮。

還有人說一定要兒孫滿堂，他都有五十個孩子了，那應當算是不錯了。

這兩年，蘇雨夕打理著輝煌銀行，最終還是把遠東銀行並了，但他的占股還是80%，之後慢慢並購了很多的銀行。

包括美國、英國的一些大銀行，已經足以進入全球前二十了。

這離不開海外PAY支付的擴張，林楚還成立了家族基金會，確立了第一任的理事會。

目前蘇雨晨和沈月在非洲的西海岸購買一處海島，一處極大的海島，足足有六百五十萬平方公里，也就是97.5萬畝，準備打造屬於自己的家園。

這樣的海島並不多，這一處地方原本是屬於葡萄牙的，林楚收購，是為了成為獨立存在的地方。

當然了，他要想立國是不可能的，那需要更多的機緣，但他可以掛靠在願意接納他的地方，葡萄牙就是首選了。

有了這樣一層關係在，他完全可以逍遙自在的。

甚至將來公投立國的話，或許也能有機會。

他可以成為國王，王后是蘇雨晨和謝子初，這樣也沒有人反對。

大雪飛揚著林楚站了挺久，一側傳來腳步聲，女人的聲音響起：「咦，林先生。」

林楚扭頭看了一眼，兩道身影站在一側，唐煙穿著白色的羽絨服，身邊站著的是江書盈，也是白色的羽絨服，俏生生的。

「你們怎麼在這兒？」林楚問道。

唐煙笑笑：「我們一起逛街呢，買了幾件衣服，準備過年。」

「好了，那就這樣吧，再見。」林楚擺了擺手。

一輛車子停在一側，他上了車，一身是雪。

唐煙和江書盈看著他的背影，直到車子沒入了雪霧之中，唐煙這才說道：「你有沒有發現，老闆似乎越來越落寞了，有一種……說不出來的悲涼。」

「是有些，他的白髮也多了些，我能看得出來，他有心事，很讓人……心疼。」

江書盈輕聲道，唐煙扭頭看了她一眼，伸手在她的胳膊上拍了一下：「人家那麼多老婆，三十多個呢，還用得著你心疼？」

「也不是，主要就是針對他這個人，好想讓人抱著他，安撫他，就是這種感覺，你想一想，風雪中，一道挺拔的身影，卻是透著蒼涼。

他明明那麼厲害，才華洋溢、英俊瀟灑、年輕有為，卻是有一種與年紀不相襯的蒼涼，這讓我覺得好奇怪。」

江書盈輕聲道，唐煙一怔，看了她一眼，點了點頭應道：「是啊，可是我們有什麼資格？」

「沒有的話，可以爭取啊！要是再不爭取，他就走遠了，我聽說他往後定居香江，甚至還要去非洲的西海岸。

在那裡，可以當國王的，一切都很完美的，所以再不爭取，我們就真沒有機會了，正好過了年要拍電影，那就是我們的機會。」

江書盈說道，眸子很亮，雪落在她的頭頂，變白，兩人的身形卻依舊是俏麗的。

林楚回到京城楚居，家裡除了李小染，還有陳姝、胡雪盈、曾梨、楊小姐和關嫣紫。

王文晴、柳施詩去了香江，她們的性子懶散，也不想主持工作，在香江住了幾個月。

兩人都生了寶寶，就在香江照顧孩子。

進家門的時候，關嫣紫和楊小姐迎了過來，兩人拍著他身上的雪。

曾梨和胡雪盈大著肚子，一臉開心，沒錯，曾梨又有寶寶了，她的體質倒真是不錯。

「老爺，我們明天去香江嗎？」關嫣紫問道。

林楚點了點頭：「你們先回去吧，我要去東海一趟，接一些人，耽擱幾天，過年還有幾天，你們先過去熟悉一下吧。」

「那好吧，我安排人明天送羊肉過去，買了很多，天天給你燉羊肉湯喝。」陳姝過來親了他一口，慢慢笑了起來。

落雪的聲音很細微，但風卷過，總有呼嘯，甚至還有樹枝被吹斷的聲音。

林楚抱著李小染，她一身汗，近三年的時間，她天天鍛煉身體，那種柔軟非常人能及，而且身材更妙了。

「老爺，真好！」李小染喘息著，緊緊抱著他，有如八爪魚一般。

林楚親了親她的鼻子：「哪兒好？」

「都好，老爺就是最好的！我好喜歡。」李小染輕聲道。

他的手撫過她的後背，眸子裡有光，她低聲道：「我還要再為老爺生個孩子，多生幾個好不好？」

「好啊！」林楚笑道，接著話鋒一轉：「咱們家養得起，回頭也會有你的產業。」

李小染搖頭：「不用產業，以後家族基金會每個月給他們發錢就行了，一個月五十萬，花也花不完的。」

「就這點追求，總之讓他們好好讀書，將來聰慧的話就進家族理事會，打理家中的產業，得到的更多。」

林楚輕聲道，接著話鋒一轉：「如果人人都想當鹹魚，那麼家族還怎麼發展？只有人人如龍，家族強大，才能傳承百年、千年！」

李小染一怔，認真點頭：「我會讓他們爭氣的，好好學習，爭取加入家族理事會，老爺，你就放心吧。」

「那就再來一次。」林楚抱著她，心中一片美好。

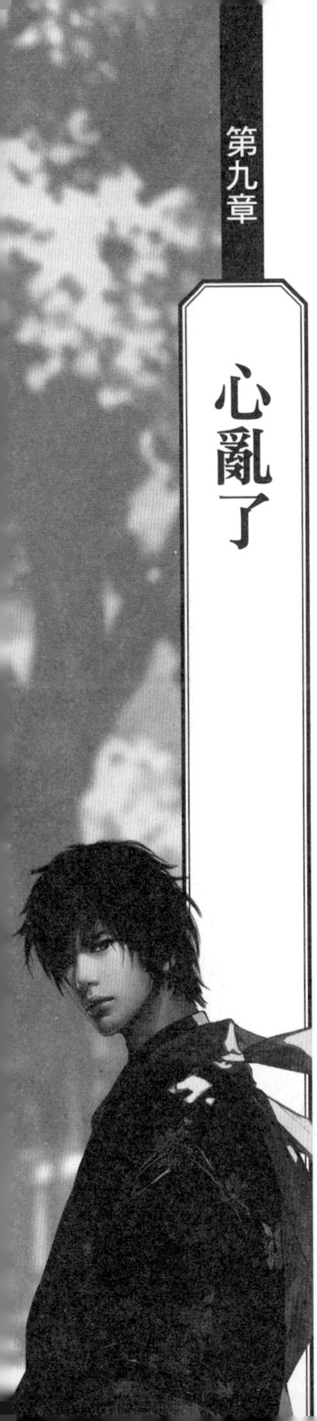

第九章

心亂了

白。

東海的雪不大，落下時就化了，只有落在樹梢上、車頂上才會留下一抹細

現在的東海，江羽燕還在，其他人都去香江了。

接下去的幾天，會有人陸陸續續從海外回去，包括美國、韓國，韓國那邊會由洛小雲帶著隊回歸。

接機的就只有江羽燕了，她抱著林楚親了好幾口，就在機場大廳之中。

她穿著牛仔褲，白色的緊身衛衣，罩了件米色的風衣，腳上是一雙白色的過膝長靴，跟挺高。

以她的身材，有一種爆炸式的性感，吸引了許多人的注意。

所以當她在人來人往的大廳中熱吻林楚時，許多人的眸子裡只有失落。

風信子的香味浮動著，溫潤了冬日，林楚覺得只有美好。

兩人上了車，陳樸開車，等回到楚居的時候，江羽燕就像是沒了骨頭似的，她那種沙漏式的身材無疑是迷人的。

躺到床上的時候，她吁了口氣，看著飄雪的窗外，她側著身子，懶洋洋的，一動也不能動。

「老公，方柔也在香江了，其實她很厲害的，打理公司比我要強呢，對了，她都生寶寶了，就我還沒有。」

江羽燕有點幽怨，接著又補充了一句：「像是我這樣一個寶寶都沒有的人不多了，這一次一定得讓我懷上。」

「你的身材都這麼好了，要是生了寶寶的話，那豈不是更誇張了？」林楚捏了捏。

江羽燕笑笑：「反正我不管的，就要生寶寶。」

林楚躺下，又過了很久，江羽燕哼哼著，風雪的聲音在窗外呼嘯。

江羽燕睡了過去，屋子很暖。

林楚起身，收拾了一下，去了月容舞蹈工作室。

雪落著，工作室裡的人不多，畢竟剛剛午後，還不到上課的時候。

只是老師們都來了，個個都很漂亮，跳舞的女人，身材方面是差不了的。

看到林楚，很多人圍了過來：「大神來看邱總啊，給我們簽名吧！」

「合影好不好？我們邱總真是幸福，能有大神這樣的男朋友可真是好呢。」

「大神家裡還缺姨太太嗎？我長得漂亮吧？」

「還有我，我的舞姿可好了，首席啊，跳小天鵝可像了。」

林楚笑笑，對著幾人點了點頭：「我進去了，你們先忙吧。」

幾人還在圍著他，讓他簽名，他簽了幾個名，一側傳來大玉蘭的聲音：「還不讓開，讓人笑話嗎？」

一群人這才散了，依舊是嘻嘻哈哈的，還有人對著林楚偷偷打了飛吻。

邱月容瞪了一眼，接著走到林楚的面前，伸手拉住了他的手，朝著辦公室走去。

關上門的時候，她扭頭看了他一眼，黑色的瑜珈褲，搭配緊身的白上衣，身材修長，腰細盈，還是那麼迷人。

臉蛋看起來也依舊是二十來歲的樣子，只是仔細看，眼角有了兩道細紋，並不明顯。

她的頭髮長了，有些篷松，紮著長辮子，在臉側垂著，很漂亮。

大玉蘭的香味浮動著，那種熟悉感總是讓他心神不寧。

「你不許和那些女人打情罵俏的，不合適！」邱月容嗔道，眸子裡總有哀傷。

林楚點頭：「沒有，就是簽了幾個名，我心裡有數的……過來看看你，這是送你的東西，你這邊什麼時候放假？

等放了假，我們一起去香江，一起吃個年夜飯吧，我媽也挺想你的，不管怎麼說，一家人也總得團聚一下。」

「還要兩三天吧，我可以不等到最後一天，不過年夜飯總得吃……你要是有空也來吧，我們還請了幾個小明星過來唱歌跳舞呢。」

邱月容輕輕道，接著話鋒一轉：「時間就在後天晚上，你要是能來，我們的所有員工肯定很高興。」

「你不是讓我和她們不要走得太近乎嗎？」林楚聳了聳肩。

邱月容看了他一眼，有點幽怨道：「你和我坐一起就行了，她們不敢和你湊近乎的。」

「我去的話倒是可以，但似乎有點不合適。」

林楚看著她，以他的身份，要是跑到這種地方去，的確很不合適，他不需要到處走動的，畢竟是首富了。

邱月容輕輕道：「不是讓你表演，你就算是以家屬的身份參與，而且你還是老闆呢。」

「那倒是，行吧，我去就是了。」林楚點了點頭，看著近在咫尺的臉，總有些別樣的心思，兩年過去了，他其實並沒有變多少。

放下袋子，他聳了聳肩：「邱姨，我走了，東西就在這兒，後天我會去的，你把地址發我就行了。」

放下禮物，他轉身走了出去。

身後，邱月容抿著嘴，並沒有多少的失落。

雪依舊飄著，林楚站在外面的路上平復了一下心緒，這才上了車。

他的肩頭落著幾片雪片，微白。
東海已經有了過年的氣氛，最明顯的就是路上的車少了。
江張那邊的產業園區也建成了，所有的公司搬到了一起，那邊的交通其實也很方便的，而且方方面面的待遇也好，員工們都很熱情。
車上，林楚翻看著微博，私信不少，各種各樣的消息都有。
有想求一個角色的，有想要勾搭他的，林楚揉了揉額頭，覺得有點好笑。
微博上關於他的消息還是很多，現在的他在過去的幾年之中，一共拍了三十多部電影。
動畫電影也是一年兩部，最近小黃人在近期上映了，這是第三部了，很受歡迎。
這導致玩具賣得極好，米高梅和雙子影業成了好萊塢的大贏家，現在就連迪士尼也在頻繁和他接觸，想要得到一點什麼。
車子路過一處商場時，林楚怔了怔，江書盈和唐煙在一側逛街。
這兩個人倒是有趣，從京城逛到了東海，只是旋即他就明白了，她們都是東海人，成為朋友也是能理解的。
微博上，關於他的女人的討論，到了今天還沒結束，幾年過去了熱度居高不下。

這兩年之中，有人陸陸續續爆出來了，比如說沈月、柳妙思等等，其他人之中，江書盈、秦蘭是最熱的。

林楚搖了搖頭，笑笑。

手機響起，接通後，傳來謝軍的聲音：「姐夫，在哪兒呢？香江嗎？」

「沒有，在東海，過兩天就回香江了。」林楚應了一聲。

謝軍應道：「可惜了，我正好要從韓國回去了，你知道的，言麗給我生了兩個兒子了，家裡很高興，我也很高興，早點回去看看。

對了言麗說，胡雪盈和她約定過，要是她生了女兒，就和我家訂娃娃親了啊，反正這就是親上加親。」

「你覺得……我們家她說了算嗎？」林楚應了一聲。

謝軍笑道：「姐夫，我知道她肯定說了不算的，所以這不是在和姐夫商量嗎。」

「孩子的事，我不想介入太多，他們要是自己喜歡就沒有問題，要是看不對眼，我也不強求。」

林楚笑了起來，謝軍跟著笑：「那當然了，有姐夫這句話就行了。」

月容舞蹈工作室的年夜飯如期舉行，一共有六十多名員工，就在一側的三人行火鍋店中，很熱鬧。

三人行火鍋現在成了國內最知名的火鍋之一，到處都有分店，生意相當好。

本來若有人想包場，那是不可能的，但因為邱月容的身份，徐妙人給了她面子。

火鍋的香味飄著，每一桌的菜都很豐盛，火鍋店的大堂裡本來就有搭好的檯子，平時也有表演，正好用上了。

林楚坐在邱月容身邊，她為他燙著菜，有大個的鮑魚，還有大龍蝦，這是澳龍，還有各種蟹。

她的動作很優雅，在這一點上，大玉蘭和香江邱月容也是不同的，那種優雅是入了骨的，總有些不同。

很多的姑娘總是會看上林楚幾眼，畢竟他是國內最頂尖的名人之一了。

舞臺上，請來的小明星們唱著歌，邱月容介紹著：「這是從東戲裡請的人，都是新人，但節目還挺專業的。」

林楚點了點頭，氣氛漸漸熱烈，只不過下一波表演的人上來後，他呆了呆。

那個叫胖迪的姑娘竟然出現在舞臺上，說著相聲，和她搭檔的另一個姑娘是鐘初希，兩個漂亮的姑娘在說相聲，這真是匪夷所思。

雖說表情一般，但帶來的喜感卻是很有意思，林楚微微笑著。

「待會兒你去問問那兩個小姑娘，願不願意簽到雲明娛樂。」林楚湊在邱月容的耳邊低聲道。

兩人湊得近，近距離聞著，大玉蘭的香味更濃了，而且她的耳垂晶瑩剔透，青絲墨黑，女人味十足。

大玉蘭扭頭看了他一眼，嗔道：「你怎麼自己不去？」

「你是女人，溝通的話比較容易，而且哪有我這個大BOSS出馬的？招攬這麼兩個小姑娘，太給她們面子了。」

林楚聳了聳肩，邱月容為他燙了羊肉，放進他的碗裡，起身走了過去。

兩人講完相聲，下方一陣的掌聲，兩人開心地笑，彎腰行禮。

邱月容對著兩人招了招手，兩人湊了過來，一臉拘謹，胖迪乾笑道：「邱總，表演得不好嗎？不過錢不能退了，都被我花了。」

「不是錢的事。」邱月容被逗樂了，伸手點了點。

下一刻，她伸手指了指遠處的林楚道：「認識那個人吧？」

「啥？啊……大神！我的天吶，首富啊！」胖迪張大嘴巴，一臉異樣。

鐘初希也是一臉異樣，這姑娘的臉不是那種精緻款，而是特別有個性的類型，卻是越看越上頭的那種。

在這一點上，有些像是舒琦，很耐看，此時兩個人都呆住了。

胖迪想要向前跑去要簽名，剛抬腿就停下來了，看著邱月容道：「邱總，我們可以過去要簽名嗎？」

「等會，認識大神是吧？」邱月容笑笑。

胖迪點頭：「肯定認識啊，那是我偶像！他好帥的，而且好有才華的……對了，邱總也是他的太太是吧？」

一邊說她一邊打量了邱月容幾眼，對著她豎起了大拇指。

邱月容的臉色一紅，沒理她，挑了挑眉道：「他那麼多女人了，有什麼好佩服的？」

「女人多也是應當的啊，他那麼好看，還那麼厲害，又那麼有錢，女人多幾個也沒什麼的，反正他又不是不負責任。

我都聽說了，每個女人都給他生了孩子呢，他還成立了家族基金會，這就是負責任啊，哪個女人不想嫁給他啊！」

胖迪攤了攤手，邱月容盯著她看了幾眼，她縮了縮脖子：「我說的是實話啊，不過你們家的事，我也進不去，必須得你同意啊。」

「是啊，是啊！」鐘初希也點頭，接著小心問道：「我們能去要簽名了嗎？」

邱月容搖頭：「他讓我問問你們，願不願意加入他的電影公司？」

「啊？啊！」兩人先是一怔，接著尖叫了起來，在原地跳著，打轉，抱在了一起。

這把四周的一群人嚇壞了，紛紛扭頭看來。

邱月容雙手抱在胸前，笑笑：「好了，收斂點，像什麼樣子！」

「對不起，邱姐，我們太高興了啊。」胖迪傻樂著，換了稱呼。

邱月容點頭：「行了，過了年，你們簽約就行了……對了，這是他的名片，你們收一下。」

「我們可以過去要簽名嗎？」胖迪認真道。

邱月容點頭，兩人跑到了林楚的身邊要簽名。

林楚和人要了筆，簽在兩人的裙子上。

兩人都穿著很漂亮的連身裙子，長袖的設計，直接就簽在了手臂處，像是標誌一樣，林楚的字也漂亮，只不過兩人的手臂纖細，摸起來很軟。

簽了字，鐘初希比胖迪還是要聰明一點的感覺，問道：「大神，我們簽約是簽在哪兒？雲明娛樂還是星海影業呀？

我知道國內就是雲明娛樂，香江就是星海影業，還有海外的星海影業和雙子影業，主攻方向不一樣是吧？」

「那麼你們想簽在哪兒？」林楚笑道。

鐘初希笑咪咪道：「我們想演電影，當然是想簽在星海影業了。」

「還是從電視劇開始吧，就簽在雲明，過了年有幾部電視劇，你們一起上吧。」

林楚聳了聳肩，眸子裡有笑意。

胖迪伸手拉了拉鐘初希的胳膊：「好了，能簽約就好了，別有那麼多的要求，成了大神的人，就等著紅吧！」

「你們兩個，過了年去京城簽約吧，我讓人幫你們聯繫，回頭我會讓人把劇本送過去，你們兩個演女一和女二。」

林楚笑笑，他說的是《宮鎖連城》，把她們給捧紅吧。

兩人開心地笑，商量著和老師請假的事。

邱月容走了過來，輕輕道：「好了，你們找個地方坐下來吃飯吧。」

「謝謝大神！謝謝邱姐！」胖迪和鐘初希兩人笑咪咪道謝，這才轉身離開。

林楚的目光放在兩人的身上，微微吁了口氣，這兩個丫頭是真不錯。

邱月容坐下，扭頭看了他一眼，低聲道：「怎麼，看中了？」

林楚扭頭看了她一眼，本來想瞪她，又想拍她的潤厚，這都是習慣性的動作。

好在他想起她的身份，並沒有真動手，只是搖了搖頭，心中越發有幾分的苦鬱。

這個大玉蘭在他的面前，也越來越沒有架子了，這並不是什麼好事。

「沒有，我不缺女人！」林楚搖頭，接著想了想：「只是覺得她們不錯，總得給她們一些機會。」

大玉蘭垂頭：「多少個了？」

「什麼多少個？」林楚一怔，接著才醒悟過來，平靜道：「三十幾個吧，這次你就都會認識了。」

大玉蘭嘆了一聲：「你睡得過來嗎？」

「邱姨，這事你不應當問我，你問問妙思就好了。」林楚聳了聳肩，眸子越來越平靜。

大玉蘭看了他一眼，卻是勾了勾嘴角，接著輕聲道：「你知不知道，你每次叫我邱姨的時候，我最是開心。」

「為什麼？」林楚一怔。

大玉蘭一臉從容地說道：「因為你的心亂了，需要這樣的稱呼，來提醒你自己注意分寸。」

林楚呆了呆。

對於這個問題，林楚回味著，似乎還真是這樣，他的心亂了。

只不過，這並不值得大玉蘭這麼高興。

回香江的時候，天空中依舊飄雨，香江也有雨，好在溫度比東海要暖了許多。

林楚想著接下去要做的事情，許許多多。

推特要上市了，只是林楚並沒有過於在意，他的大部分收入來自於動視暴雪、星海手機，還有就是電影公司。

目前他在日本還收購了幾家遊戲公司，還入股了萬代南夢宮。

江羽燕和邱月容坐在一起，聊得很開心，雖說大玉蘭是長輩，但長得嫩，也沒架子，兩個人倒是能聊在一起。

林氏莊園，邱月容並沒有被安排在裙樓的賓客樓中，而是被安排在了主樓之中，就在柳妙思隔壁一間。

年就要到了，大玉蘭第一次見到邱月容的時候，呆呆看了很久。

從那之後，她再也沒有出現過，食物都是柳妙思送進她房間的。

林楚注意到這一幕，並沒有說什麼。

林青河和余英並不在主樓裡住，而是住在旁邊的家屬樓裡，那裡更大一些，畢竟孩子們都生活在那裡。

明天就是年三十了，林楚讓人處理了公司的事情，站在主樓的三樓，看著遠處，架在海邊的高架橋上，地鐵駛過。

地鐵通車了之後，大澳真正繁榮了起來，除了每天通勤的人不少，還有來旅遊的人，一陣的腳步聲響起，柳妙思走了上來，站在他的身邊。

她也正式畢業了，楚思教育成了國內最大的教育機構，在納斯達克上市了，她成了頂尖的億萬富豪，在女性富豪中排在了全球前五十。

粉紅色的瑜珈褲，配了件白色的小背心，都是林字服，長髮盤著，隱約間和大玉蘭越發像了。

「哥哥，我媽好一些了，就是之前有點想不明白，這兩天我一直在勸她的。」

柳妙思說道，林楚將她抱在懷中，下巴擱在她的頭頂，她背對著他，小腰細細。

林楚笑道：「總是要想明白的，其實還是我不好，但就算是再來一次，我還是會這麼做，那就讓我放肆一回吧。」

邊說他邊親著她的脖子，聞著好聞的玉蘭花香，迷人的香浮動，醉了他的心。

柳妙思扭頭看了他一眼，抿著嘴，和他親在了一起。

下一刻，她撐在了窗子上，彎下了腰。

香江的地暖開得足，到處暖洋洋的，八角型的觀景樓裡很暖。

柳妙思一身汗，身子軟綿綿的，林楚抱著她，雙手托著她的潤厚，她雙手抱著他的脖子，臉埋在他的脖子間。

一路走出去，想要返回她的房間，剛剛經過大玉蘭的門口時，門剛打開，她看到這一幕，臉色一紅。

只是她卻是沒有退進門裡，而是看了一眼，兩人之間的那種狀態被她一眼就看到了。

林楚的心驀然烈了起來，大步離開。

回到柳妙思臥室，林楚再出來時又耽擱了半個小時。

年到了，夜晚的時候，林楚在院子裡放了煙火，點亮了大澳的天空，只不過並沒有太長時間。

香江很久都不讓放鞭炮了，但林楚申請過了，就放了放煙花。

以他的身份，只要不是做得太過分，倒也沒有什麼問題，現在的他，可以說是大澳的土皇帝了。

院子裡還貼著春聯，林楚自己寫的，有一種北方的味道。

一大家子人坐在一起，分了十桌，滿滿當當的。

主桌上，坐著十一個人，除了林青河、余英和徐妙人之外，林楚、蘇雨晨、謝子初、沈月、夏婉茹、洛白花、柳妙思和大玉蘭都在。

洛小雲則是帶著韓國幫坐在一起，孫藝珍、全知賢、恩靜、尹恩慧、智妍、泫雅和雪麗都在。

其實雪麗和林楚之間並沒有發生什麼，但林楚也默認了，這段時間她一直都在。

伊莎貝爾也來了，這個純粹的姑娘也懷孕了，肚兒有些圓，她坐在那兒，依舊有如水仙花一般。

坐在她身邊的是布萊克、安妮海瑟薇、林娜娜、張麥琪、元青青、劉文、陳姝和李小染。

胡雪盈、白靜、吳魚兒、李菲菲、曾莉、楊小姐、蘇雨夕、柳施詩坐在一起。

江羽燕、邱月容、陳思思、張玉旖、王文晴、關嫣紫、倪霓、方柔和管素真坐在一起。

孩子們坐在一起，最大的也只不過是三歲，還能自己吃，餘下來的都由保姆抱著吃飯，所以才坐了十桌。

人很多，但也很開心，囈囈呀呀的，余英一直掛著笑。

徐妙人時不時扭頭看看，她的兩個孩子也一歲多了，保姆抱著。

「行了，別總是看，孩子總是要獨立的，將來才能獨當一面的。」余英伸手拍了拍徐妙人的胳膊。

她的地位是特殊的，沒有編入林家女人序列，就是沒有編號，獨立在外。和她一樣的還有一個人，就是管素真，但她也知道該叫誰姐姐，比如說是蘇雨晨和謝子初，其他人現在都叫她真真姐。

就連徐妙人都叫蘇雨晨和謝子初是大姐和二姐，畢竟她們是與眾不同的。

徐妙人笑咪咪道：「媽，我就看看，不管的，否則他就得凶我了，這人就知道欺負我的。」

林楚看了她一眼，她頓時不說話了，吐了吐舌頭，借著別人看不見的角度，還瞪了他一眼，她總是那麼俏皮。

豐盛的年夜飯，蘇雨晨還發了一張照片，只拍了桌子上的菜，還有主位上的幾個人。

就只是林楚、蘇雨晨、謝子初、沈月、夏婉茹、洛白花、柳妙思七個人。

「我們家的年夜飯，人有點多，但很幸福。」

謝子初也轉發了，其他被外面知道名字的人也都轉發了，就連布萊克也都轉發了。

整個微博上一片熱鬧，林楚轉發的時候晚了點，但點贊的人數卻是最多的，畢竟他的粉絲是最多的。

下面一群圈內人都在回應著：「大神太幸福了。」

「我不羨慕這一桌子菜，就算是有澳龍、和牛也沒什麼，我就羨慕大神這幾房太太，真是太美了。」

「何止是美，世界上最有錢的女人謝總，還有第二有錢的蘇總，最年輕的沈總和柳總，還有夏總、洛總，全球排位前百的富豪，這一家子人占了好幾個。」

林楚掃了掃，笑笑，接著又看到王文晴轉發微博下面的評論。

「太沒牌面了，都沒露個臉，好歹在大神的身邊露個臉，文晴，早點上位啊。」

「天后呢，好歹背後站一站也好啊。」

不僅僅是王文晴的微博下有這樣的消息，其他人也有，全知賢下面都是韓文。

「小紫，我想看到你和大神恩愛地站在一起。」

「知賢兮，露個臉吧，美美的。」

林楚笑笑，揚了揚眉道：「拍張合影吧，所有人一起。」

「所有人？」徐妙人怔了怔。

林楚點頭：「所有人！爸、媽，邱姨，你們就別出現了。」

「你這是要公佈家裡的所有情況了？」余英問道。

林楚應了一聲：「早晚得公佈，公平一些就好，不過孩子們不出現，你們繼續吃著。」

幾人起身，慢慢聚到了一起，林楚坐在中間，一共三排，所有人都在一起，徐妙人也在，管素真也在。

年輕一些的就站在最後面，包括恩靜、雪麗、劉文等等，沒有一個落下。

拍了照，林楚選了一張最好看的，沒有人閉眼的，個個都挺漂亮。

幾女的顏值自然是漂亮的，而且都是林字服，還算是盛裝，各有各的特色。

林楚微笑著，發了一條微博：「給各位拜年了，家裡的人齊了，我代表我全家祝全國人民新年快樂，萬事如意！」

幾女紛紛轉發，只是加了一條：「給全國人民拜年了！」

這條微博頓時炸了，上了熱搜第一，壓下了春晚的熱搜。

下面一片祝福，之前統計林楚家中太太的那條微博就此沉了。

「文晴，有牌面了啊，站在你家男人的身後，手還搭在他的肩膀上呢，厲害！」

「知賢兮，好美啊，這麼大一家子人，很幸福吧？」

「小紫，你還是白髮啊，太美了，不過你和劉文竟然都是大神的太太，厲害！」

這一夜……註定是熱鬧的，唐煙、秦蘭、江書盈等等很多人的微博下面也有人留言了。

「原來你真不是林家人啊，心疼你！」

「還好你不是啊，我就有機會了，再不下手就晚了，蘭蘭，我要追你了。」

林楚的微博下出現了一條置頂評論，是蓋爾加朵的：「老爺，還有我呢？」

其實她和林楚之間，並沒有什麼事，但好感卻是不少的，林楚置頂，也是有了相應的心思。

一頓飯吃了一個半小時，收拾桌子的時候，林楚換了一身衣服，背心配了短褲，坐在沙發上喝酒。

陪著的他的只有柳妙思、徐妙人、邱月容和雪麗了。

遠處的海浪聲隱約傳來，大澳的夜空很美。

林楚徹底放鬆下來，慢慢喝著，重活以來，已經五年了，人生至此，他似乎沒有什麼遺憾了。

迷迷糊糊中，他的心越來越烈了，目光落在邱月容的臉上，輕聲道：「鐘聲響了吧？」

他說的是午夜的鐘聲，這是要守歲的。

雪麗點頭：「歐巴，響過了。」

「走吧，睡覺了。」林楚輕聲道，起身，踉蹌著。

柳妙思扶著他，上了樓。

第十章

尾聲

非洲西海岸，林氏列島。

整座島嶼被林楚買下來了，一共有四座島組成，中間最大的島上有一座極大的莊園，位於中間位置，依山傍水，四周一大片的原始森林。

不遠處才是一排排的建築，那是林氏列島的市中心。

這裡已經成了世界上最頂尖的旅遊勝地，交通極為方便，除了火車，還有機場、遠洋碼頭。

綠樹點綴著，原始森林連綿不絕，這兒的綠化實在是太好了，樹林中還有各式各樣的動植物，生態很完整。

宅子很大，有一種華夏的風格。

莊院中還有一個挺大的湖，裡面種著荷花，可以泛舟。

這裡屬於熱帶雨林氣候，沒有冬天，所以荷花一直開得不錯。

整座島上還有不少的士兵把守，這座私人島嶼也有三家五星級酒店，很氣派，林楚開放旅遊只是為了增加人氣。

島上，他自封為國王了，只不過很多的時候，他都會在全球跑來跑去的，並非真正意義上的國王。

王后自然就是蘇雨晨和謝子初了，在島上的權利很大，島上的居民反而是認同了這一家人的身份。

2015年了，他已經二十八歲了，雖說依舊年輕如少年，但鬢角的那縷白髮又多了幾根。

海邊處，他穿著寬鬆的大褲衩子，光著上身，正在曬著太陽，腹肌相當明顯。

在他的身邊，雪麗、泫雅陪著他，兩人都是白色的分體式泳衣，胸前有「林」字，身形修長，很漂亮。

林楚躺在躺椅上，頭頂是一頂傘，雪麗和泫雅在海邊踢著水，小腳雪白光膩。

這樣的畫面很美，林楚的心很烈。

這已經是冬天了，能享受到這樣的陽光，只有在林氏列島了。

「歐巴！」雪麗跑了過來，趴在他的身上，和他接吻，纖細的小手也不老實。

泫雅也跑了過來，年輕的姑娘總是讓他的心跟著飛揚，他總覺得年紀有些大了。

身後傳來一陣的腳步聲，一名漂亮的小姑娘跑了過來，差不多有四歲了。

「爸爸。」小丫頭撲到了林楚的腳邊。

林楚把她抱起來，放在腿上，她的眉目清秀，隱約間有些柳妙思的感覺。

「好了，蘭蘭怎麼來了？」林楚問道，在她的臉上親了幾口。

蘭蘭笑了起來：「染姨帶我來的。」

林楚扭頭看了一眼，李小染穿著連身白色長裙，慢慢走了過來，身邊跟著妞妞，妞妞已經大了，七歲了。

家裡的很多孩子都上學了，平時在島上讀書，這兒的學校有兩所，林楚從華夏請了老師過來，也請了專門的英文教師，

老師們也是來自於世界各地，有些人過來旅遊，愛上了這裡，就住下了，還有不少拉家帶口的人，所以學校還是有必要的。

未來林楚打算讓他的孩子考全球各地的大學，專攻的方向自由選擇就好。

李小染走到了他的身前，身子越發有幾分的豐腴感，她坐在他另一條腿上，扭頭和他親了幾口。

「蘭蘭，現在放寒假了，明天我們要回香江了。」李小染輕聲道。

蘭蘭點頭：「爸爸回去嗎？」

「爸爸不回去，還要在這兒待幾天，不過很多哥哥姐姐在等著你呢。」李小染笑了笑。

蘭蘭歡呼了一聲，朝著海裡跑去，妞妞也跟了上去。

雪麗和泫雅跟了上去，李小染靠在他的懷裡，和他親吻，身子軟綿綿的，有如沒有骨頭似的。

「老爺，我們回香江過年嗎？」李小染問道，眸子裡水汪汪的。

林楚的手並不老實，她的身子實在是太豐腴了，畢竟她又生了兩個孩子，還

都是女兒，但卻沒有任何走樣，反而腰越來越細了。

有時候，有錢的好處就體現在這裡，林楚很富有，有足夠的實力為她們塑身。

「回去看看吧，那邊的產業越來越成熟了，有一些老朋友也得去拜訪一下。」

林楚笑笑，李小染咬了咬牙：「我一定得生兒子，我就不信生不出兒子。」

「我都說了，女兒也有權利接掌生意的，非要兒子幹什麼？」林楚搖了搖頭。

李小染認真道：「兒子可以留在林家，女兒就算是接掌生意，也只是工作而已……真真姐就很好，前後生了兩個兒子。」

「怎麼提到真真了？」林楚一臉疑惑。

李小染笑笑：「她也來了呢，很多人都來了，對了，布萊克也生了四個，家裡有一百多個孩子了呢。

布萊克生了兩兒兩女，我覺得這就很完美的，安妮生了三個，蓋爾加朵也生了三個，對了，斯嘉麗都生了三個，她們都太能生了，還是老爺厲害的。

這一次老爺又登上了福布斯首富的位置，而且還進入了吉尼斯呢，有人說你有望突破紀錄，成為世界上擁有孩子最多的男人。」

「不會的，就這樣吧，我們家最多生四個，多了對身體總是不好的，其實生兩個也行的，我個人是沒有什麼意見的。」

林楚輕輕道，李小染搖頭，撒嬌：「再生一個就好了，要是再是女兒，我也就認了，不再生了，好不好？」

「好。」林楚笑笑。

他的氣血依舊旺盛，現在的李小染越發白嫩，肌膚如雪，就像是二十多歲的人。

起身時，他拍了拍她的潤厚：「我回去看看，真真來了，我有點想她了。」

「老爺都不想我。」李小染抿著嘴唇，有點幽怨。

林楚笑笑：「這也要吃醋？今天晚上，你在上面。」

李小染笑了起來，看著他走遠，眸子裡都是愛意。

莊園離海邊不算遠，林楚坐車回家，屋子裡的人不少了，除了管素真，唐煙也站在一側，看到他時跑過來和他親嘴。

林楚逐一抱過所有的人，眸子裡很開心。

客廳裡還開著空調，這樣的氣候，還是有點熱。

屋子裡的女人有十幾個，管素真比從前還要年輕一些，身子卻是更豐盈了。

江書盈正在和柳妙思聊著天，看到他是同時跑了過來。

幾人抱在了一起，這些年，他的女人又多了幾個，但並不算多，五年之中，就只有這幾個一直記掛著他的人。

泫雅、江書盈、唐煙，還有一個林芷玲，這個只是一個意外，但有些事情發生了，林楚也得認。

沙發上，大玉蘭坐在那兒喝著茶，一身白色的長裙，烏髮盤著，身條曼妙。陽光籠在她的身上，總有幾分優雅。

林楚看到她的時候，眸子收了收，又想起了五年前的那個除夕之夜。

她的眼角一點皺紋也沒有了，變得年輕了許多，整個人和柳妙思沒什麼兩樣，恍如二十多歲。

只是其中的種種，難以去說，林楚的目光有些飄。

大玉蘭扭頭看了他一眼，對著他眨了眨眼睛，勾著嘴角，做了幾個口型，說出來的話，只有林楚才看得明白，那是秘密。

林楚低頭，和柳妙思熱吻。

只是他的心思卻是飄遠了，又想起了蘭蘭，那個小傢伙的身上，也有著玉蘭花香，不弱于柳妙思。

也許這就是傳承吧。

瑞士，阿爾卑斯山不遠處，一座極大的莊園中，林楚坐在溫暖的客廳裡，翻看著手中的資料。

他還是那個樣子，沒有什麼變化，只不過氣度卻是越發沉穩了。

冬日的瑞士是冷的，好在屋子裡有暖氣開著，他穿得並不多，一件白色的T恤配了一條短褲。

「不錯，勞斯萊斯和賓利能收購下來，英國人還真是大方了一次，當真是不錯，回頭讓特斯拉引入這兩款車的外型，仿製吧，這算是專利共用。」

林楚贊道，一側站著一名穿著米色筒裙的女子，上身是件白色的襯衫，笑咪咪的樣子有些媚。

「老爺，人家要想在你的身邊立足，總得有些用處的。」

可愛的娃娃聲響起，襯著桃花眼，那對眸子真是清亮。

林楚扭頭看了她一眼，伸手在她的潤厚處拍了一巴掌，哼了一聲：「我都說過多少次了，我看中的並不是你的用處！」

「知道，是人家的身子，還有人家騷裡騷氣的樣子。」芷玲姐姐無疑是迷人的。

她跟了林楚也有好多年了，孩子也生了兩個了，但在他的面前，姿態還是放得很低。

兩人在一起的時候，她不再年輕，那是2011年的春天，但現在的她，依舊年輕漂亮，身材也更勝從前，這自是林楚的功勞。

她也退圈了，現在安心打理產業，畢竟她可是多倫多大學的畢業生，還是有能力的。

林楚將她抱入懷中，輕聲道：「以後你來擔任勞斯萊斯的總裁吧，英國那邊也有我們不少的產業。」

「老爺放心，我爭取早些盈利。」芷玲姐姐輕聲道。

林楚的手撫著她的細腰，搖頭：「沒必要，我想要的只是不虧損就行了，再就是一些專利技術。

尤其是外觀設計的專利，把這部分放給特斯拉，那就好了，如果想要盈利，只做高端品牌，那肯定不行的。」

「那就生產中端品牌？」芷玲姐姐接著道。

林楚猶豫了一下，接著說道：「就怕那些高端買家不同意……這樣吧，收購兩家中端品牌吧，比如說是菲亞特……

也不行，這可是義大利最頂尖的品牌，之前我雖然擁有一部分他們的股權，但遠遠談不上掌控。

他們擁有法拉利、瑪莎拉蒂等品牌，也不太好處理，如果，我們能將克萊斯勒從中剝離的話，倒是有機會。」

「老爺，還有標緻，這家公司有點機會，之前二姐收購了超過20%的股權，我會和他們再談談的。」
芷玲姐姐輕聲道，林楚笑笑，伸手捏了捏她的潤厚，一片圓潤。
她靠在林楚的懷中，親了他幾口，呵氣如蘭，接著低聲道：「老爺，我想生第三個寶寶。」
「都多大了？」林楚搖了搖頭。
她嗔道：「人家測過骨齡啦，只有二十七歲，正是人家最美的時候，醫生說，想生的話可以一直生。
老爺，人家的腰兒也細了，咱們家請的醫生都是最頂尖的，林氏列島的醫院是最好的呢，調理起來一點也不走樣……對了，我們群島能獨立了嗎？」
「差不多了，島上也有十萬人了，最多兩年吧，我還在努力。」
林楚應了一聲，包臀裙很收身，這一坐下，她的身上當真是不含半點贅肉，形如那個最圓潤的桃子。
「老爺，這麼說的話，以後人家就是王妃了。」芷玲姐笑了起來，伸手卷了卷裙子。
溫潤的暖氣開著，過了很久，林楚抱著她走入了二樓的臥室。
這兒的房子一共就兩層，設計感十足，也是請世界最知名的建築大師設計的，被列入了全球最美的建築之列。
芷玲姐趴著，綿軟無力，形體這一部分當真是不錯的。

林楚再抱著她說了一會兒情話，這才離開。

回到客廳時，外面傳來說話聲，這次來瑞士的女人有十人，都是為了陪林楚的，一大早她們去滑雪了，這才回來。

進門時，一個個換了衣服，冷風吹著，多了一抹寒意。

沈月、唐煙、柳妙思、白靜、全知賢、恩靜、雪麗、智妍，還有秦蘭，沒錯，她總算是擠進來了。

還有大玉蘭也隨行，說是為了照顧柳妙思。

雪麗跑了過來，和他親了親，開心地笑，像是隻精靈一樣。

林楚的眸子裡有恍惚，她再也不是從前的樣子了，前一世，她過得苦鬱，最終離世，沒有人知道她經歷過什麼。

但韓國娛樂圈的事情，不用想也知道，這一世，她無憂無慮，多了很多的朋友。

林楚覺得，這就是他的責任吧，有一些事情，他改變不了，但有一些事情，他卻是改變了很多人的人生。

包括範二冰，她現在已經徹底擺脫了從前的那種狀態，不再當任何人的手套。

所以在這一點上，他是成功的，範二冰現在改行了，經過兩年蟄伏，已經不再有話題了，現在經營著林酒坊。

江羽燕幫著去打理其他產業了，林楚也算是人盡其用。

「雪麗，都多大的人了，生了寶寶呢，還這麼不穩重。」全知賢拍了拍她的後腰。

雪麗笑咪咪道：「就是要不穩重，我還要再生幾個，歐巴的基因是世上最好的。」

林楚笑笑，沈月在一側說道：「好了，收拾一下吧，讓哥哥好好休息，晚上再一起來。」

揚了揚眉，他轉身走開，進了二樓的書房。

打開手機看了一眼微博，幾女果然上傳了滑雪的照片，很美。

手機響了起來，範二冰的聲音響起：「老爺，過幾天，你回來嗎？」

「回去，我要回京城一次，探訪一下家人。」林楚應了一聲。

她低聲道：「老爺，謝謝你！沒有你，可能我現在已經……淪為別人的玩物了。」

其實前一世，關於她的種種傳聞，有九成都是人為編造的，林楚知道，但世間的人卻不知道。

要想毀了一個人，那就可以抹黑她，她是娛樂圈的人，身上總有污點，抹黑她自是為了禍水東引。

這一世她及早抽身，在2008年就置身事外，而且在林楚的要求下，她還主動坦白了一些事情，向一些人當面道了歉，這件事情就算是結束了。

京城，大雪，林楚行走在路上，這次回來，他見了見最高級的幾個人，只是引他投資，現在的他，代表了最強橫的資本力量。

不僅有世間最頂尖的晶片，還有許多的產業，誰都不可能忽視他。所以不管他做了一些什麼，那都是可以被原諒的。

大雪籠著，斯嘉麗跟在他的身後，牛仔褲，搭配白色的羽絨服，身材豐盈，總有些西方式的性感。

只不過因為林楚的喜好，她並沒有刻意變成金卡戴珊那種類型的女人，整體還算是苗條，風姿很盛。

她已經生了三個孩子，很高產。

林楚來京城，第二件事情就是為了看看林青山，但也沒帶太多的人，其他人都去香江了，這又是一年的春節臨近。

斯嘉麗挽著他的胳膊，眸子很亮，很難想像她會是這種小女人，這是真正被征服了。另一側，安妮海瑟薇也跟著，這次過來的都是金髮碧眼的，還有布萊克和林娜娜，伊莎貝爾沒來，她剛剛生了寶寶，正在照顧孩子。

走入林青山的社區時，範二冰等在一側，黑色的瑜珈褲，配了米色風衣，腳上是雙紅色的長靴，很精緻。

「來了啊。」林楚輕聲道。

範二冰抱著他的腰，臉埋在他的胸前，輕輕道：「老爺，剛來。」

「走吧，去二叔家。」林楚說道。

林青山搬了新家，電梯房，有四個房間，這一次，林達開過來一起過年。看到一行人，林達開越發開心了，林楚拜了年，送了禮。

張玉卿還給幾女發了紅包，林雪儀卻是有點幽怨，現在的她，已經大學正式畢業了，在雲書科技工作。

屋子裡很暖，一大桌子菜備好，天色暗了。

林楚和林青山喝酒，現在的林青山級別也極高了，只是頭髮又白了一些。

「二叔，還沒恭喜你，成了部門老大。」林楚笑道，舉杯。

林青山點頭，拍了拍他的胳膊：「過了年，我就要調走了，可能要去更重要的地方了，但也就算是到頭了。

這一代，到我這兒就這樣了，下一代，重點還是在謝家那邊，你是商人，雪儀是女孩子，反正就這樣吧。

不過我也滿足了，你現在的成就太大了，大到上面也拿你沒辦法，畢竟你在全球各國都有產業，退路太多。

不過，到了這一步，你就得想想，你的初心是什麼，一個人，總是要有初心的，什麼是初心呢？那就是你為什麼來到這個世界。

你來到這裡，總是帶著使命的，有人是當炮灰的，有人是當旁觀者的，還有人一直蒙昧無知。

但你顯然不是，你走到這一步，那就已經是與眾不同了，我覺得，你一定是有初心的，所以好好想想吧。」

「初心？」林楚怔了怔，接著點頭：「二叔說得是啊，我得好好想一想……對了，爺爺、奶奶，我想接你們去海外。

那裡的空氣好，還可以天天趕海，還有大河，可以釣魚，甚至可以打獵，我有一家世界頂尖的醫院，可以調理你們的身體。」

林達開一怔，搖了搖頭，正要說話時，林青山笑笑：「爸，你去吧，你知道，我也挺忙，而且我現在有了笑笑……」

「二叔，藏得夠深啊，笑笑是誰？」林楚怔了怔，一臉異樣。

張玉卿也笑了起來：「笑笑跟了你二叔有五年了，孩子都生了兩個了，兩個兒子，大的三歲，小的一歲。」

「那我們林家還有機會，二叔，好好培養，你還年輕著呢。」

林楚揚了揚眉，扭頭看了林雪儀一眼道：「怎麼樣，跟著我去香江吧，我送你套房子，你再實習一段時間，可以幫我打理星海影業了。」

「不，我要去歐洲，我喜歡丹麥。」林雪儀認真道。

林楚一怔，接著點頭：「好，我在樂高那邊的董事會中有兩個席位，給你一個，將來你替我打理那邊的生意。」

「哥哥，你都收購樂高了？」林雪儀一臉異樣。

林楚搖頭：「只是換股了，沒有收購，那會很困難。」

「那就已經很了不起了，我的很多朋友都想要買樂高的玩具呢，回頭我可以給他們……算了，我打理樂高就得收錢了。」

林楚笑道：「你先不用打理公司，慢慢學一段時間，一年之後再任董事吧，有些事情是要靠不斷學習的。

總之，一定要不斷進步，這樣才能夠在職場上不至於摔跟斗，好了，過了年你和二冰一起過來吧。」

「好啊，那就這麼定了。」林雪儀開心。

張玉卿看了林楚一眼，笑咪咪道：「我和你爺爺跟你去香江吧，正好過去過年。」

「奶奶，放心吧，你在這兒和二叔再住幾天，團聚幾天後我們再走。」林楚握著她的手，心中有些感動，這或許就是他的初心。

離開的時候，一行人回了楚居，楚居中暖烘烘的。

是夜，雪落著，林楚卻是一直在想著初心，他和幾女抵死纏綿。

就連布萊克、安妮、林娜娜和斯嘉麗都受不住了，先後睡了過去。

範二冰的身子柔軟，她緊緊抱著他，在他的耳邊說道：「老爺，我好開心啊，這輩子，跟了你，值了。」

言。

「還早著呢，值不值，未來再說。」林楚伸手拍了一下潤厚，當真是妙不可

範二冰搖頭，很認真，眸子裡淚光閃耀著，她輕聲道：「現在就值了，哪怕是死了，也不後悔。」

「怎麼會死？還得給我生孩子呢，不生三個不行。」林楚柔聲道。

範二冰親著，賣弄著風情。

許久之後，她一身汗，她的小腳很柔軟，圓潤潤的，林楚一直在握著，捨不得鬆開，身邊的女人睡了過去，林楚起身，站在了落地玻璃前，什麼也沒穿。

外面的風卷著，雪飛散著，迷濛了視線，但他的初心是什麼？

重生回來，他所求的，只是痛快，改變前世的際遇，但他已經做到了。

就像是他之前所想的，不僅他改變了自己的一生，也改變了很多人的一生，雖說她們依附於他，但卻過得很幸福。

比如說蘇雨晨，沒被毀容，成了世間頂尖的富豪。

再比如說是範二冰，她移民瑞士了，在國內替他打理產業。

人生在世，他能做的都做到了。

風吹著，有些呼嘯，他回身，走到了床上，再度抱起了布萊克，軟綿綿的，沒了骨頭，卻是無比的柔軟。

埋首在她的髮絲間，他的心安寧了。

是啊，擁有這麼多的女人，擁有這麼多的孩子，還有什麼不滿足的？初心還在，夢還在。

醉臥美人膝，他實現了，這就夠了！一切都夠了！

未來的路還有很遠，但他的家族一定會昌盛下去。

（全書完）

書寫完了，感謝大家一路的追隨，成績算不得好，還是那句話，可能是我的水準不夠吧，沒能讓大家滿意，所以評分也不怎麼高。

其實要寫的話，還有很多的東西可以寫，但我也不想拖了，沒多大意思，差不多就到這裡吧。

心裡還是有點空落落的，寫一本書很不容易，要查很多的資料，要把情緒寫到位，這不是抱怨，算是對自己的肯定吧。

最後再說一句謝謝大家！有緣再見吧。

國家圖書館出版品預行編目資料

重生 ／ 木士作. --初版.
--臺中市：飛燕文創事業有限公司, 2024.07-

冊；公分

ISBN 978-626-348-808-3(第1冊:平裝).--
ISBN 978-626-348-809-0(第2冊:平裝).--
ISBN 978-626-348-810-6(第3冊:平裝).--
ISBN 978-626-348-811-3(第4冊:平裝).--
ISBN 978-626-348-812-0(第5冊:平裝).--
ISBN 978-626-348-813-7(第6冊:平裝).--
ISBN 978-626-348-814-4(第7冊:平裝).--
ISBN 978-626-348-815-1(第8冊:平裝).--
ISBN 978-626-348-816-8(第9冊:平裝).--
ISBN 978-626-348-817-5(第10冊:平裝).--
ISBN 978-626-348-818-2(第11冊:平裝).--
ISBN 978-626-348-819-9(第12冊:平裝).--
ISBN 978-626-348-820-5(第13冊:平裝).--
ISBN 978-626-348-821-2(第14冊:平裝).--
ISBN 978-626-348-822-9(第15冊:平裝).--
ISBN 978-626-348-823-6(第16冊:平裝).--
ISBN 978-626-348-824-3(第17冊:平裝).--
ISBN 978-626-348-825-0(第18冊:平裝).--
ISBN 978-626-348-826-7(第19冊:平裝).--
ISBN 978-626-348-827-4(第20冊:平裝).--
ISBN 978-626-348-879-3(第21冊:平裝).--
ISBN 978-626-348-880-9(第22冊:平裝).--
ISBN 978-626-348-881-6(第23冊:平裝).--
ISBN 978-626-348-882-3(第24冊:平裝).--
ISBN 978-626-348-883-0(第25冊:平裝).--
ISBN 978-626-348-884-7(第26冊:平裝).--
ISBN 978-626-348-885-4(第27冊:平裝).--
ISBN 978-626-348-886-1(第28冊:平裝)

857.7　　　　113007785

重　生 28 -END-

出版日期：2025年01月初版
建議售價：新台幣190元
ISBN 978-626-348-886-1

作　　者：木士
發 行 人：曾國誠
文字編輯：安哥
美術編輯：豆子、大明
製作/出版：飛燕文創事業有限公司
公司地址：台中市南區樹義路65號
聯絡電話：04-22638366
傳真電話：04-22629041
印 刷 所：燕京印刷廠有限公司
聯絡電話：04-22617293

各區經銷商

華中書報社	電話 02-23015389
旭昇圖書有限公司	電話 02-22451480
智豐圖書股份有限公司	電話 05-2333852
威信圖書有限公司	電話 07-3730079

網路連鎖書店

金石堂網路書店 電話：02-23649989
網址：http://www.kingstone.com.tw/
博客來網路書店 電話：02-26535588
網址：http://www.books.com.tw/

若您要購買書籍將金額郵政劃撥至22815249，戶名：曾國誠，
並將您的收據寫上購買內容傳真到04-22629041

若要購買本公司出版之其他書籍，可洽本公司各區經銷商，
或洽本公司發行部：04-22638366#11，或至各小說出租店、漫畫便利屋、各大書局、金石堂網路書店、博客來網路書店訂購。
▶如有缺頁、破損，請寄回更換！

Fei-Yan
飛燕文創